德布希小姐

夏夏

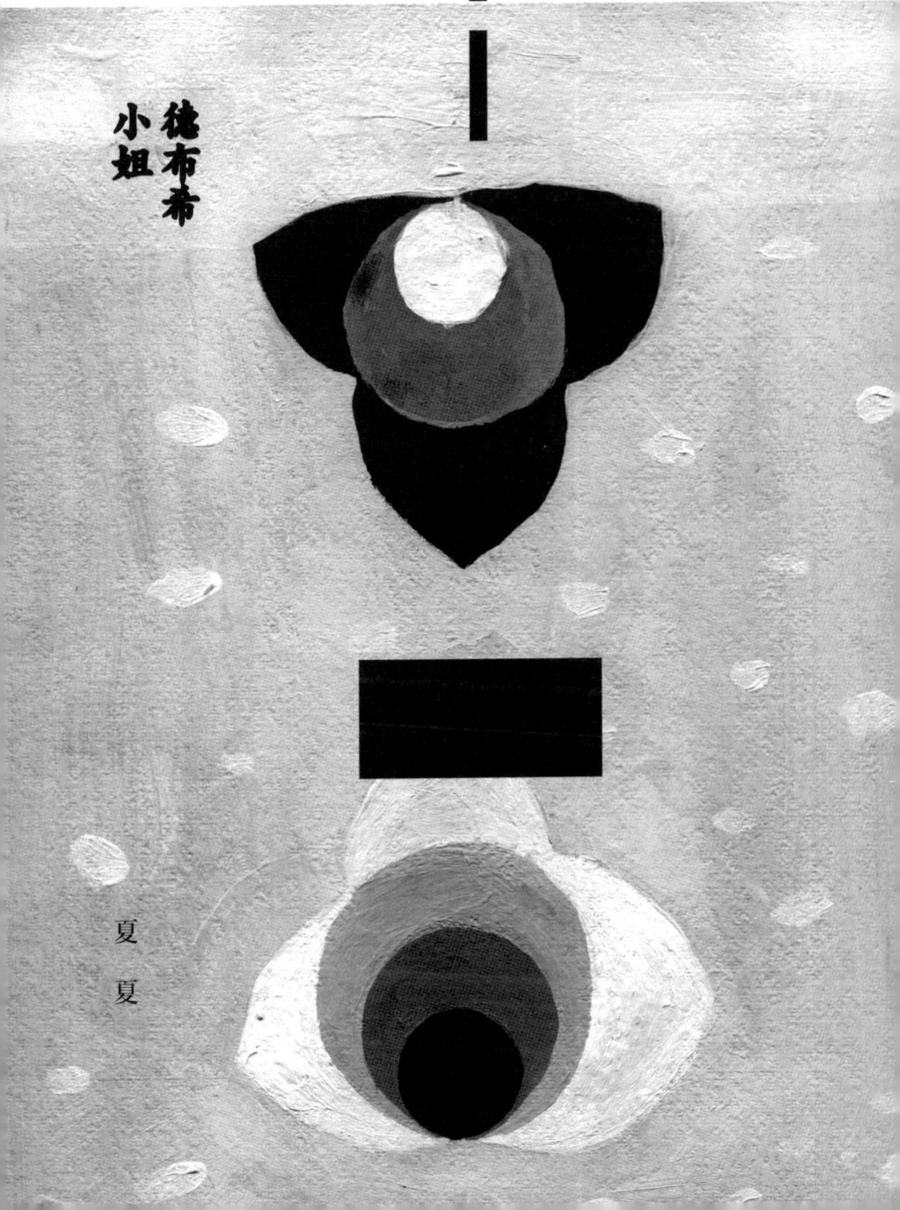

輯一 成為叛徒

輯二　德布希小姐

輯三　會有這樣的時刻

輯四 有些咖啡比較甜

輯一

成為叛徒

I

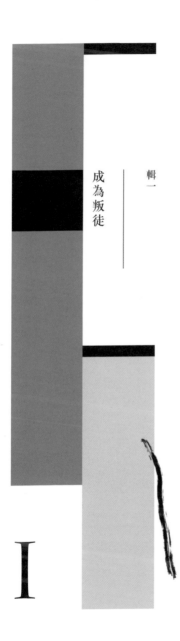

敵人

傷害我的人
戴著我的面具
穿著我的衣服
在隔壁
過著我的人生

從前我活著

根本不用去想像
早已經歷太多失去
沒有一天不在戰場上
醒來不是在壕溝就是在墓地
誕生與埋葬的姿勢相仿
有時排列石頭數算
上個世紀誕生的自己到底有多老了

如今毀滅性的寒冷即將降臨
跪坐在前一個冬季的灰燼
放聲痛哭
胸口壓著二手聖經
祈求赦免

哪怕只有一瞬間
請告訴我真正的敵人在哪裡

不會唱歌
卻仍舊熱愛生活
就算沒有熱水
堅持盥洗
意義是耳飾上的亮粉
若要窮追猛打
不如把耳飾沉入深深湖底

散場音樂響起
尾聲終將一如往常來到

儘管「永遠」被濫用
我們都必須道別
並且別忘了回信

有人遺失的書信

他們圍坐在暖氣旁編織毯子
帶來各色的線
一針針一寸寸
有時候織得快些
有時候因為爭執，便各自散去
當然會繡上圖案
可是哪些圖案該繡上去哪些不
推舉領袖解決紛爭
卻帶來其他紛爭

夜裡，放下手中的活兒
鑽進毯子睡去
分不到毯子的人只好靠在一起取暖

過度操勞的手痛得難以入眠
瘦澀的眼睛流下淚水

在這座屋子裡
所有的東西都不夠分
客廳的沙發、臥室的軟床
總是被少數人占據
否則就得用搶的
椅子數量有限
起先說好輪流歇息
後來有人作弊
全都不算數了

為了想得到保暖的襪子、洗臉的毛巾
或一塊冷掉的奶油麵包
很可能不小心就輸掉得來不易的椅子
漸漸地，只能屈身在樓梯下或壁櫥裡
漸漸地，織毯子的工作會落到他們身上
而享用毯子則是沙發上的人

偶爾有人打抱不平
聲張重新分配房間
以及上餐桌吃飯的時間
雙方僵持不下
甚至扯壞了幾張毯子，撞破了牆

於是有人開始懷念從前
那時沒有房子
只有一座篝火
允許任何人前來取暖
只有一條毯子
容納所有人遮蓋
只有一只酒杯
大夥傳遞一口接一口
只有一個信念
填飽肚子活下去

描述恐懼的方式

當我提出這個問題時
一旁的孕婦捧著肚子哭了
也許在過去的九個月中她已習慣捧腹
像無處放下的麵粉袋
恐怕飢餓隨時到來

但我也想用色鉛筆描繪當季水果
穿著新買的靴子踩過水窪
談論午餐的菜色、新年計畫

拒絕起床後的梳洗
用刀片剃鬍子
要是沒有熱騰騰的水氣模糊視線

我害怕直視鏡中的自己：
是老婦、少年、腐敗的有機體、超載的容器
於是一再拖延
從清晨至午後，傍晚至深夜
在棉被中獨占黑暗的呵護
不願下床

（為了不再失去
雙拳緊握
掐死撲火的飛蛾）

收藏蛋糕上的生日蠟燭
焚燒日記

喜悅、滿足化成刺鼻的塵煙
我恥笑紀念日
月曆上剩下寥寥無幾的日期

有人喜歡談論星象
計算命理的數學難題
在似是而非的聲浪中拋售鮮豔的情感
和以愛為名的糖果紙
三言兩語便想打發觀眾
故作憂愁是最時尚的打扮

尺規界定出邊界
圓規畫出不容置疑的和睦

[19] 德布西小姐

你和我的區別有整齊的劃分

無法更改的書名
扉頁之後是陌生語言的街道
只有音節是熟悉的
三拍子和四拍子混合舞曲

死亡穿著燕尾服堅持向我邀舞
親友組成一支樂隊
有行進的步伐
不一會兒又滑溜地後退
最後我祈求牠的親吻
在我的葬禮上祝賀牠的誕生洗禮

考古題

還是那些老問題
曬得不夠久跑得不夠快油管不通
路不熟
不熟悉規則
不記得

還要加多少水才能軟硬適中
有幾次機會可以猜中號碼
幾顆糖能除去苦味
存多少錢才能買一棟房子或者不在乎買不買房子

幾個星期過去了　到底是幾個
躺在瓦礫堆的軀體想不起來

要過多久　逝去的亡靈才會回來
做錯多少次
犧牲多少
地平線終點的閘門才能開啟

為什麼不該
為什麼應該
不該提起與應該忘記
用哪一根指頭點數的才算數

哪句話算數
哪裡適合獨居
獨自散步時要如何判斷帶傘或是不帶傘

要問幾個問題疑惑才會平息
原諒幾次才能真的原諒
擁有的多寡如何計算
如何計算前去與後退的距離
如何不望向兩側
又能夠牽起兩旁的手

星期日出生

照片洗出來後
才領悟到
即使不透過螢幕
要穿越無可動搖的界線
凝視在彼端的影中人
仍舊如同
穿過濃霧尋找夏季密林中的青果
於冰磧平原撿拾脫落的戒指
（那枚祖母曾戴在手上
搓洗衣物和揉麵團）

無法否認
經常幻想向上攀登的過程

缺少氧氣的肺
腫大的心臟
雪地反射使人目盲
寒冷
以及無法形容的寒冷

世上並沒有這麼多的事
需要燈光始終不離地照耀
沒有歌詞的曲調
依然值得被哼唱
一些街道
會被記得但不需要再回去
留下來的

不一定是朋友
愛人不見得要擁抱
想起來的事可以再次被忘記

如同此刻凝視這張照片
獻上最後一次親吻
明白下一場大雪
會永久掩埋照片中的臉孔
凜冽的空氣
會造成肺部永久的傷害
而曾收藏照片的口袋
將永久在胸口發燙

或者另一個機會

朋友，離開那只漂亮的魚缸吧
那裡水質太潔淨
種類是這樣的單純
甚至有不允許獨一無二的嫌疑
去到真正的海洋
那裡總是混濁黑暗
你永遠不會見到相同的風景
因為太過繁複以致忽略了獨一無二

愛人們，離開供有暖氣的臥房吧
解除大驚小怪的警報器
它從未真的保護過你而將你幽禁
儘管去體驗徹骨的冷

外頭未必落雪，又或者終年有雨
潮濕使得溫度更低
戴上曾在公車上遺落的圍巾
沒有星星，夜晚依然會發光

孩子啊，離開有條有理的課室
勇敢地在眾人默不作聲時舉起手
不要在意被笑
永遠要記得對自己微笑
盡可能克服怕黑
為要單獨冒險
與知識為伍，並且超越

聽著，儘管離開氣氛熱烈的舞會
扯掉惺惺作態的頭飾與白手套
大步走向無人的曠場
只有三兩隻被遺棄的野貓相擁取暖
寂靜使得頭腦異常冷靜
冷靜使得海裡的一根針都逃不過眼睛

站在鏡子前的時間越來越少
我不在乎髮型、容貌
只要還能看到前方的路
並邀請你，此刻
就脫離遊行的隊伍

獨自行走一會兒
享受曖曖的孤寂

古老的交易

每年三月是旅遊旺季
商店街掛起燈泡串聯彼此的商機
臨時雇來的童工赤腳走上山徑
以尖銳的鶴嘴鋤開鑿閃亮的千年之雪
他們瘦的身骨往往烙上冰磚

夜裡若不用溯溪採螢
在不點燈的屋裡用雙手搓揉
融冰成形
直到刺骨的冷綻裂出聖痕
如星光閃爍的疑惑雙眼映在其上
一尊尊神像於焉誕生

店鋪營業前
曙光穿透神的右手和地上的溶水
孩子們吃乾麵包裹腹
再次前往山頂採冰
日復一日

儘管鎮上的長老一再告誡：
汝不得塑像，不可殺人。
遠到的遊客依舊爭相搶購
看看誰的雕像先流血
怎知誓言融化後卻不會蒸發

聖殿

有一天你受了傷
那天我也誤吃了無花果
一隻鳥接著一隻鳥
展翅款款擺動
滑進神的居所

先知欲言又止
好迴避選民亙古的發問
幽幽等待一隻紅色的牛犢

而你不在那裡　在河裡沐浴
渾然不覺冰冷與湍急
歡快地高舉雙手

手腕旋轉比做盛開的冬日之花
思索如何以裸體之姿行走
盤起長髮的方式
還想刮掉蓄鬍
露出光潔的下巴和頸子

儘管在世人看來怪誕駭俗
有時彷彿言不及義
然而願做女人的耶穌
戴在她纖細的手指

33歲的耶穌

未婚，和我一樣
好吟詠與旅行
不愛吃香菜和怕癢
電子信箱裡常有色情廣告
主日時　盤算著擘餅後的大餐
想喝酒，不是只有一口

若今日不上十字架
打算明年去北海道滑雪
也想多花些時間牽父母的手
或者　談一場不計結果的戀愛
收養天使做孩子

33歲，明白了永遠無法明白的神祕感
煩惱如菸
可以輕易地捻熄
卻也戒不掉

不在乎身材
頭髮不免變白
在想睡的時候睡不著
不該睡的時候犯睏
禱詞則越來越短

5歲的耶穌

終於等到生日這天
拿出存了好久的餅乾
撒上雪白糖霜
雖然有點捨不得
還是帶去學校請同學吃
也多留一片給妹妹

下課溜滑梯時
擦破膝蓋
流了一些血
刺刺痛痛的彷佛曾經歷過
但是要勇敢不能哭
又想起媽媽説想哭就哭

那天晚上沒有下雪
天上的星星都已經鑲在生命樹上
救護車鳴笛而過
世界還沒和平

5歲了，第一次關燈睡覺
一面回想白天的慶生會
一面禱告
想跟班上的David結婚
希望每天都是生日
阿們

72歲的耶穌

去年剛中風
血壓血糖高到能仰望主
飲食被嚴格限制
管他誰當總統
毛筆字都寫不了了，手會抖

嗜睡，卻總在淩晨醒來
抬頭瞥見亡妻的旅遊照
她伏在一匹驢子身上　背景是荒山
翻翻過期的報紙閱讀明天
一種稱為白內障的病卻遮住未來

除了嘴饞想吃辣椒

慾望已然衰退
就像剝落的記憶
幸好還記得童年
和女兒、孫女的童年

家裡只剩下客廳的時鐘會奏樂
反覆的老調縈繞在日日夜夜
72歲，不夠老
亦不夠年輕
煩惱是奢侈品
奇蹟可以天天揮霍
從前解不開的疑惑在脖子上打成一朵漂亮的領結

明天要記得上街理髮
好讓稀疏的腦袋上
映照出主的榮光

安息日軼事

當信徒把耶穌的鼻子割下來
還順手宰了雞
用來度量的棉花、叉子、紡線被列為違禁品
沒有預期的鮮血湧流也沒有鴿子降臨
魚擱淺在餅裡
天上的雲，緊閉一如拒絕為自己辯答的嘴唇
額上的棘冠許或再等上幾次兩千年才會開花
寶石砌的宮殿
水晶般的河水
耀眼的金
映照出滿地的陰影
信徒們爬上十字架想把瞳仁也挖下來

才發現誤以為鑽石的閃爍是尋找的目光
能看到的不過是自己的模樣

生命樹自他掌心發芽
樹頂朝下
以天為地汲取養分
果實的汁液紅似火地滴落

他們彼此商議把耶穌的鼻子戴在臉上
好讓大家有相同的容貌
卻還沒找到能洗淨衣服的地方
於是

於是披戴著一身華服
一抖動
屍臭般的香氣就揚起塵土
讓人忍不住跺下去

維生

兩三樣食物，輪著吃
兩三個人，反覆想念
兩三個毛病，老是戒不了

三言兩語
足以形容的一生

信靠的人

沒有足夠的傷疤供人憑弔
語氣不夠哀慟
不貪戀死亡的廣告效益
拒絕為自己守喪

多數時候
寧可把筆收藏
讓世界自行向世人傾訴
該有的哭泣與必然的歡快
在白晝與黑夜間調和

偶爾，不得不排列文字
相信我

那是為了提醒健忘的靈魂
從其中折射出的幻影
比任何一支殘弱的燭火
都要來得容易熄滅
自行設下的網羅
唯有自己能脫困

離家出走的行李清單

然後，我們都上當了
為戴上鍍金的穗花耳環
而錯過垂掛在樹梢的晶瑩雨露
為了一則人人皆知的笑話
放棄爬進廢棄的地窖
那收藏神祕和種籽的絕佳所在
將虛無視為時髦
又說時髦是過時的說法
竟毫不猶豫從厚實土地繞道而行
只因為不想讓皮鞋沾上塵土

就這樣，我們一再被騙
被敞向街邊的露臺欺騙

以致屋內連一盞最微弱的燈都沒有；
和陌生人暢談到天明
又低頭不語打熟人面前走過；
吝嗇於走到對街投遞一封親筆寫下的問候
卻揮霍複製的愛到天涯海角

到底，我們從什麼時候開始被要得團團轉
沒有人記得一開始
彷彿第一個針腳就縫壞了
第一個音就走調
第一個嬰孩就哭不出聲
將錯就錯是美德
識時務者為俊傑

大夥彼此指認
又紛紛誤認
我們零零散散走在乾旱已久的曠野
進退兩難

不過，我們確實都知道
存放地圖的抽屜
沒有上鎖
有些目的地
只在行走時才會抵達

清里記行

往山間去！往山間去！
跨大步伐往山間去！
兩岸的野壑聚成一股邀請
行走其間的列車讚美寂靜
看似無人的屋舍野田是一種等待
全體聆聽著往山間去的足音

用力呼吸冷冽的空氣
我們有足夠強壯的心和肺
溫暖的胸口會將它化成一團霧氣
越是寒冷的地方我們便前去攀登
雪和雲皆白
摸不著雲

那就大把抓起雪
高昂的意志會將其融化
重重滑倒
那就再爬起來
就算跛著也要往山間去

往山間去，往山間去
無人之處最是喧囂
毬果和蓄勢待發的種籽收藏冬陽的賜予
渺渺的雪花和堆疊後的重量
由於彼此的親近
產生叫人難以忍受的孤寂
全然陌生反倒顯現開闊的熟悉

活著是何等荒謬
而死亡如是平凡
在接納我和等待我的山野間
那些白色不只吟哦死亡
也歌頌生命的光潔

拜訪松鼠詩人、鹿畫家
熊科學家、狼探險家
貓頭鷹是夜行守護者
樹洞中的爬蟲是開拓自然之偉大建築師
石頭羅列成不朽古蹟
撿拾殘枝作紀念品
還有指尖冰凍的觸感叫人想念

雪徑和思路經常中斷
往而復返
往而復返
沖一壺玫瑰和乾果
也想沖泡雪的滋味
期待嚐到苦澀
然後疲憊地蜷進被窩
盤算下一次的出發
雪的邀約
山的邀約

完成過的事、

從海裡回來後
他們說肺活量會變大
可以哭得又長又響
氣也不會喘一下

回來已兩年
溼漉漉的頭髮一直乾不了
行經之處滴下鹹鹹海水
夜裡浸透枕頭
背部患溼疹
即使剪斷頭髮
長出來依舊溼答答

我戴上浴帽
以免淋溼衣服
其他人誤以為時尚
紛紛模仿

他們還想知道更多
如何在海裡十年不換氣
深海泥養顏美容怎麼不多帶點回來
為何去這麼久不接電話
我只能笑笑的
不去想起在海上揮手求救時
大家在岸邊鼓掌說
表演得真好再換點別的姿勢

為什麼指縫沒有演化出蹼
長出鱗和鰓
就連在水裡睜開眼睛也辦不到
盲目得不知曾去過哪裡
那裡有多深多黑
沒有因為漫長的十年長出鰭
沒有練就美人魚的歌喉
或許是因為終究渴望上岸

我的頭髮永遠溼溼的
四處留下鹽的結晶
大家嫌日子無味時

就慷慨拿出來分享

有時候會回去看看
當年失足落海的地方
坐在滑溜溜的石頭上
眺望
那片海

成為叛徒

越來越早醒來
對黎明寄予無限期待：
就算有人陪伴
寧可獨自跋涉
走得更遠更遼闊
丟掉地圖
去到陌生的爐邊
安然歇息

不在乎無話可說
在四周鋪下沉默的厚墊
讓風暴躡手躡腳經過
甚至刻意獵捕
馴養風暴

更加斤斤計較能否真實傳遞
在從前流連之處斷然拒絕
卻敞開門迎接未知
結交恐懼為益友
且從容置身險境

生命會變成什麼樣子呢？
經歷了無數次復活的儀式
習慣枕著末日入睡
習慣沒有驚喜
習慣創造
成為人們口中的叛徒

舉債度日

你曾借過什麼？

一枝筆，抄下搭訕得來的電話號碼；
結帳時恰巧少了的一塊錢
還是一大筆錢
替荒蕪的現實添購翅膀；
借一把鹽，加在冷掉的湯裡
或灑在身上；
絕版的書，而且不打算還回去

這些，以及沒提到的那些
有什麼是借不到
有什麼是還不了

[61] 德布西小姐

我舉債度日
乞討每一天
不論晴或雨、順利或倒霉
甚至是白白渡過的一天
竭盡所能用今天支付明天
努力維持良好信譽
連本帶利耗盡
自知一天也還不起
只能卑微感謝日日的降臨

倘若有一天
再也借不到
那就心甘情願結束營業
以債還債

更少人跡的地方

站在它面前
總感到自己的黯淡太刺眼
就是那盞永不熄滅的燈
讓半夜起身喝的水特別解渴
廚間的油垢，如畫
謙虛地藏身在碗櫃下
僅發出微弱的灰白的光
提醒著委身於光之外的幸福——

願做成就星辰光華的黑暗
永恆深邃無止境的黑暗
被放逐無人看顧的黑暗
濃稠的黑暗中榨出罕見的甜美

在至黑之處
腐爛所散發的惡臭得以被包容
寬慰地流出膿血
癒合
無需顧慮時間的催促

以熟睡之姿
流淌四肢
無有出發和抵達
黑暗沒有邊界
那裡是安臥的床

愛一生

是的，樹頂再高仍有天藍

樹下有叢
花應綠而生而綻放
撐開紅的白的手
托住轉眼掠過的些微

更不說花下的蟻獸
一張嘴儘管地吐露　不保留

曾一起愛過豔陽　卻不堪曝曬
轉棲蔭下
甚至避於穴中

持續地採集又難以飽足
疲倦與累是皮膚上的黏膩
剩餘的時日只能重複地掘洞
不料　又更難填滿

樹依舊高　高過幾世幾代
終於有那麼一人嘗試遷居樹梢
好比睡在藍的軟臥

只能獨眠了　人人皆是

摘取梢上果實
投擲向對方

落下的居多　在土裡爛去
「曾一起愛過豔陽吶！」
呼喊近似禦敵的長嘯

夜幕低垂以為穴
半日明暗　愛與恐懼參半
樹上樹下　滋滋怯生
不停歇　不停歇

●——此詩發表於「愛一生——大岩洞探險計畫」互動裝置作品。二〇一三年獲邀參加「華山生活藝術節」，與藝術家陳佳慧合作，於廣場上打造一封閉空間，內部猶如未開發洞穴。參觀者必須壓低身形，持手電筒進入完全黑暗的穴中，或鑽或爬緩慢前進，途中隱約可見牆上半人半獸圖像。直至尾聲，方抵達開闊環形空間。置中有昏黃發光圓柱，此詩如壁畫映照在其上。

無人終止

（人們）花了一些時間才發現
戰爭的存在
即使已接近尾聲
仍決定動手延長戰火
酒館的高腳椅、接生的床墊、剝落的四季壁紙
是上等的燃料
再扔進吃剩的雞骨頭
就連窗簾都能燒光

很快的，延遲的霜雪終究降臨
僻靜無人　無人可談
室內與室外相差無幾
（人們）比想像中還要無助

無助比想像中難以察覺
更高的鞋子、更長的燕尾服
更微弱的火光，在染了秋色的鬈髮之下
比想像中
更微弱

在成為馱獸前
承諾曾經和祖母的水晶項鍊等價
地窖裡的藏冰五年不會融化
供火的爐子嘶嘶鳴響
（人們）在諸山和海岸間鋤地
眾神比鄰而居
寥寥幾只碟盤就能餵飽

信紙很小
三兩句，是一生的問候與珍重
就算世上的火都滅了

殖民地的列車停駛後
掘出最後一塊枕木
丟進火裡
再次升火

害怕失去靜靜編織的能力
深信的神話又太過古老
於是自遠征隊中落單
一有機會便練習看守火堆

學習結繩
學習解繩
用（人們的）灰燼掩飾
讓思緒中的戰火越燒越烈

長眠

太陽不會永遠照在你那一邊
海浪不會永遠打在你那一側
烏鴉飛來
烏鴉飛走
顛簸的船身
重重撞擊

浪碎了
雲散了
太陽遛達到另一頭去
山的臉挨過來
真假參半

新的一天不是全新的
新的夢想有舊的遺憾
沒有同一滴水降在同一處
於是任何一滴水都是同一滴

搖晃的船的海
等候是靜止
移動是錯覺
從來沒有足夠明白
沒有足夠快樂與哀傷
死得不夠徹底　活得不夠痛快
智慧不足　愚笨不足

新生命群起嘎嘎分食
死去的組織凝結成礦

●—

此詩最初發表於裝置作品「不在場證明」。

二〇一七年獲邀參與「現場介入／港區邊緣，策一種時空過渡的可能」。該展為昔基隆二分局遷址，原警局建物閒置多年後，首度重新開放並轉型為展演空間。「不在場證明」呈設在分局二樓，於空間中央懸掛鏡子，使得進入空間者被迫或不經意看見自己的面孔。

此處保留隔離室原貌，因此也留下了特殊的觀看方式：透過兩室中間的鏡子，觀看成為權力的象徵。然而在規範明確的體制下，道德的不確定性、人性的灰色地帶以隱藏的形式更加顯著，於是，觀（關）者與被觀（關）者深受同樣的禁錮。

除了鐵窗限制身體自由，內間另鋪設軟墊在牆壁周圍防止被囚者自殺，連同其生命自由亦加以限制。在這樣決絕的禁錮中，映照出精神上的禁錮：行暴力者，受心中更強大的暴力所控制；牆外面有更高的牆。

而隔離室要求的絕對存在，在時代環境的扭曲下，映照生命倚靠偶然機遇的荒謬，使得絕對存在與不在之間如鏡像呼應。

[75] 德布西小姐

輯二

德布希小姐

II

德布希小姐

·——I

一生出，即宣布心臟發育不完全
且裸露於胸腔外
醫生花了整整三天才完成手術
在胸口那層薄薄的皮膚下隱約可見紅色的跳動
直到十四歲那年頭髮長到膝蓋時
胸腔才完全癒合

此後，她依舊經常感覺到心跳
「一隻蝴蝶在振翅，」她這樣形容「不是什麼大事。」
但每個人都知道，僅僅是一隻蝴蝶振翅
都能引起世界另一端降下一個禮拜的滂沱大雨

·——II

房間裡有一座壁爐
用五顏六色的布親手縫製
再加上無數蕾絲花邊
每一個針腳都有她小小足跡
壁爐上的時鐘總是遲到

在深夜裡唱歌報時
在清晨停擺，長針和短針呈現完美的直角

冬天一來到
她把書裡有顏色的句子丟到火裡
好讓四周不至於一片死氣沉沉

·——III

房間的窗外有一棵不開花的樹
她的家人就住在樹上
包括死去的狗和未出世的祖父
由於樹冠濃密太過

只能靠著鞋子來辨認雙親
（稍早前，他們甚至連衣服都沒有）

屋裡另外還有三十三個房間
「不用了，我們習慣住在樹上。」
父母婉拒她的請求，一次也沒有躺在床上過
自此，那三十三個房間夜裡總傳來咳嗽聲，吵得她無法入睡。

IV

她　正離開她的鋼琴
游向不為人知的幽暗樹林
留下觀眾不知所措

用掌聲揮散空氣中繚繞的餘音

在那裡　她是一株桔梗
白衣和紫色裙襬　喜愛陽光
當然生在清澈水邊
習慣沉默
習慣望向遠方聳入雲霄的山嶺　臆測飛翔
那是下次回到鋼琴前　將要前去的目的地

·——V

一如往常難以抑制衝動
他隨手披上慣穿的黑色夾克走出家門

（不確定是否記得鎖門）
熱切期待今天就是找到合適人選的日子

他搓搓手心走上前去，禮貌、怯懦地開口
「是否願意與我交合？」
突破心中的唯唯諾諾，繼續滔滔地說明
「當然，僅限於精神上的，但是請容許我要求協議中需包含忠誠。」

為了排遣匱乏感，鎮日循規蹈矩工作
直到有一次，她意外地在他的夢裡醒來
又接著作了一個走進辦公室的夢，他們才終於見到彼此。

那一天他顯得身高略矮

而她睡眼惺忪
可是他們都不想醒來

·——VI

「越來越不可愛了。」
生來像媽媽後來像爸爸
好不容易輪到像自己卻招來如此惡評

儘管雙腳叉開站立
雙手捧著剛剝落的樹皮
就好比偶爾她掉幾根頭髮
也偶爾撒幾個謊

住在照片中
那裡沒有爸爸媽媽和愛哭的妹妹
只有一株脫了皮的檸檬桉

「我的，」樹說「給妳。」
她尚不知樹皮可用於書寫
「我只要看著你就足夠，不需要擁有。」
卻已留下幾枚指紋

·——VII

父親最遠的旅行通往無垠宇宙

歷時三年零七個月返家
往後便用盡餘生悼念殞落的星辰
教導她記載星際運轉的軌跡

更常夜間坐在床沿
或是躲在門後窺視她的熟睡
而她瞇著眼睛偷窺父親的偷窺
再目送父親走進繁星的網羅

VIII

第二次投胎
生性寡言但善歌
經常以唱代答
身畔無夫　膝下無子

這次，一隻蝴蝶果真停在窗前
歌聲震動七彩羽翼
來自熱帶雨林的鱗粉灑落翩翩
她每日溫水服用

透明的蝴蝶載著她的歌言歌語划動雨絲雲片

最後座落在山谷深處
終年持歌耕地
終生植歌為樹
享年八十三歲

·——IX

週日晚間的鎮民大會商討如何驅逐亡靈：
鎮民抱怨餐桌上的蠟燭經常熄滅
情人的信箋被誤送到各處
打破酒瓶麵包烤焦而莓子太酸
塗鴉在結霜的玻璃上，霜雪太美
女孩們模仿她穿白色的洋裝　長髮披肩

包括鎮長久未痊癒的腳臭都歸因於她

大夥於是決議
蒐集栽植水仙的瓶水灑在東方屋頂
來年種下球根／新土肥沃

未料不待春天
鎮長的情人就已串通裝模作樣的靈媒私奔

·——X

承襲父親一生捕捉光影的遺志
如今隨處可見德布希小姐

或銳利或迷濛
善用柔軟圈圍住光的邊界
繁葉篩落的光斑
樓梯間轉角洩漏的光束
指縫藏不住一絲絲韶光
她在變化

睡在長期曝曬的皮膚上如同一台老式相機
人們心底留下斷斷續續的記憶
再次回頭
只看見陽台上飄動的白色窗簾

● 一

克勞德．艾瑪．德布希（Claude-Emma Debussy, 1905-1919），小名秀秀（Chou Chou），為法國印象派作曲家德布希（Achille-Claude Debussy）的獨生女，在父親死後一年即因白喉而去世，年僅十四歲。

輯三

會有這樣的時刻

III

酒

他們把昨日裝瓶販售
還愛的
就加點氣泡
不愛的
則可以存放更久

換季

我還沒親眼見過葉子從樹梢飄落
它們若不是堅定地垂掛枝頭
就是成群鋪灑在銀色路面
一遍一遍被行者的腳步翻炒
有時依偎在樹根
一夜經雨
不久　便突然消失無蹤

然而憂愁並未一掃而空
留下嘈雜焦黃的耳鳴

那時我會想起你垂在肩頭的悲傷
猶豫地成群揮翅
前往尚有陽光的南方
此時行者能淩空飛騰
一遍一遍為生存而遷徙
徹夜飛行

直到許久以後
終於能暫歇眉梢

綻放笑容如初升之日
又在手心刻下得來不易的座標
恆久指向此生所愛

鮮花易碎

想關燈了
筆就歇在停下的地方
想閉眼盲行
在睡前看一看黑夜眼角的皺紋

生得美麗是為了活下去
好做個交易
以命換命

一朵
一天

一天
一命

命　不常
常在的是美麗
是易碎
常在的是睡眠中的盲行
幸好燈也熄了
不常酣眠　卻要遠行

夜路

想想你用什麼灌溉
之於眾多當中的一朵
那樣是否足夠或者過盛
是否偏袒得太過明顯
有沒有值得回味
又想想

想想我用什麼給予你
之於你那樣低頭注目

是否太過微小
是否含蓄以致太不明顯
是否

又想想

我們
在這遍地當中
曾經歷過何種撿拾
有否挖掘
有否

再想想　不早了
哪裡能入夜

如何採集夜露
又如何不沾濕
想想
這樣有多久了

貪心也是一首歌

有人躲在樹的背後窺視
那裡因為潮
爬滿絨絨的綠到天際
藤在其間往來傳遞
密語看似呼之欲出卻找不到起頭

捻一只葉被蝕透
貼在耳際
「嘿，說話呀！」光線無聲穿過

不分晝夜
想把葉吃掉
以醜為美　以惡作善
以綠為歌
唱滿溢的
無聲的
貪婪休止符

多肉

彷彿沒有動靜的駐足
任日光月影流逝
少了漂泊的輕盈
風吹不走
取而代之是瓣瓣肥厚盹在土裡

怕悻悻冬雨和淚珠落地
也怕一身蠻肉捱不到思念發芽
就這樣洩光滿腹豐潤期待

短鬚牽起乾土
抓皺了體膚
皺了的青春

曾經
多情　多夢
多肉，卻不識滋味

岔口

還有什麼能將龐然且固執的山分開呢？
你踏上的那條路
有如清晰的髮線
溫順的長草被硬生生撥到兩側
失去表情

我只能默然踏上另一條
本來不在那兒的小坡
陡降去往不明方向

許或不久後又回到同樣的岔口——
兩座永遠對望卻
無法更靠近的山

緩慢的散場

太多像這樣的時刻
舞台上的樂隊還在演奏最後一曲
人們依依不捨收拾餐墊
意興闌珊吃掉最後一塊三明治
湖畔的孩子撈起溼淋淋的鞋子
音樂滴滴答答滴著

月亮提早出現
全都映照在最後一頂帳篷上

黃色的燈飾懸掛在白色的帳幕裡

你站在樹下看人們
月光和燈光都照著他們
他們笑　說些無關緊要的話
而你腳下的土地不知怎麼無預警下陷
打算沖掉連同夕陽的華麗
晚風也責無旁貸搜刮
可是只有你被捲進這場風暴
決絕地進行著
沒有比這個更安靜的了

於是花了些時間終於懂得

所愛的人並非如此可憎
帳篷還在　他們還在
還在笑
只有你在
在樹下
總有這樣的時刻

●——此詩發表於二〇一七年台北國際現代音樂節，與現代音樂作曲家周久渝共同合作，曲名〈縫隙之花〉，以朗讀方式穿插呈現於樂曲中，由中提琴與琵琶演奏。

愛情

我折下一枝（和我同樣的）花
又折下一枝

整個世界
只剩我一人

不愛情

坐在身邊
隔了五道秋天

不愛是多數
多數卻得服從少數

備份鑰匙

多數時候，你等待
像雛鹿等待乳汁餵養
空杯子等待神祕旋轉的茶葉舞姿
鍵盤等待明確敲打的言之有物
油漆等待剝落　你
坐在其上等待

明知鑰匙擱在門框上
結成搜捕清亮靈魂的蜘蛛網

另有一副早就埋在
廊下的梔子花盆凝出一股惑人的馨香
讓人忘記解鎖的密碼

而那遲遲不敢插入鎖孔的第三副，繫在脖子上
始終冰冷的鐵鑄的鑰匙
貼在因悶而熱的胸膛
怎麼樣也暖和不起來

永遠少一天

我願在星期天遇見你
電影院散場的門口　廊外下著雨
指上的細環滲著潮
唇間的話語尚未繁殖

我願在星期六遇見你
客滿的咖啡店窗邊
共用吸菸區的座位
氣味環繞我環繞你

都還未抽菸

我願在星期五遇見你
車站中　人群依序登上電梯
頭髮侷促的塞在耳後
遺失一只的耳環握在口袋裡
假期仍未來臨

我願在星期四遇見你
課室明亮
桌椅耐不住角度與線
試卷的空格等待更多的算計

我願在星期三遇見你
對街的蔬果市場
香蕉不因誰而黃而綠　蘿蔔不懂得紅與白
熱帶雨林的興奮被偷偷移植
蘆筍細的手指　親觸彼此

我願在星期二遇見你
午間休息的郵局櫃檯前
你輕率的讀出郵遞區號
舌尖舔舐郵票我讀
信件並未送達她未遇見你

我願在星期一遇見你

革命遊行的隊伍繼續歌唱
彩花漫不經心點綴
我的口乾舌燥與你的汗
溶化正在盛行
敵人的手掌在遠方爆炸

假若　再多給我一天
再多一天
我願從未遇見你

撕開的票無法再入場
我將在戲院中爲別人落淚
而輕易忘了你

單人婚禮

儀式如常
頌詞如常
賓客與酒杯
一如往常碰撞清脆

靜待賓客散去的微晴清晨
細雨午後
或　薄霧之夜
撩起繡花紗裙

赤足踏入茂密荒林
枯枝別做的花冠如是紅艷
偶爾　撿拾溼土中的乾果
可占卜　可釀酒　可燃火照明

喧鬧地飽嚐寂靜
滑進冥想中的清醒
用誓言交換
用愛狠狠折斷

情願迷信默唸三次出生的名字
樹根將會烈烈敞開
新房已鋪好靠窗的單人花床

米蒂亞

期許能像聖潔的路得
終究未果
也希望人人能愛其所愛
不料現實中的愛卻有等級區別
而身上的錢恰好不夠

魔鬼說：當妳為過去和未來贖罪時
失去的正是現在

我只好把現在狠狠奪來
串在脖子上慢慢的花

●——米蒂亞，希臘悲劇中以性格剛烈、殘酷聞名。
●——路得，聖經中所載之賢德的婦人。

蜜月

那條溪乾了
男人指給女人看
前一夜暴漲
他們倉皇逃走
只帶了一床被子
嬰兒的被子

現在那條溪乾了
把女人的左半邊也帶走

十天前在溪邊搭小屋
種菜撈魚殺青蛙一晃眼十年
計畫全盤取消

溪底剩下幻想中的魚和石頭
用以卜卦
卦中指出永恆的愛俯拾皆是
他們遂跪地撿取
一路膝行翻尋
直到再也望不見彼此

有洋蔥

放進水裡
掐住鼻子
加熱三十秒
戴蛙鏡
聽說這樣才不會流眼淚

可是我已經很久
沒流淚
即使切洋蔥

也不會
我一直切　一直切
就是流不出眼淚

會有這樣的時刻

音樂很美
忍不住想伸手觸摸
一本書
就能勾起卡在樹縫的回憶
埋在靴子裡的雙腳冰冷
而雙手是炙熱
片尾字幕還沒播放完畢
戲院的大門已經敞開
所有的悲傷和融化一鬨而散

下一場的觀眾迫不及待進場

也會有這樣的時刻
明明在笑
不知不覺就哭了
那些天　卻又能麻木地度過
明明記得
說是忘了
想要／不敢說
想念／不想見
同時存在
不只是兩種感覺的相加

還有的時候
會期待一陣大雨作為不願赴約的藉口
想到完美死去的方式
卻更願意擁抱生之蒺藜入睡

[131]德布西小姐

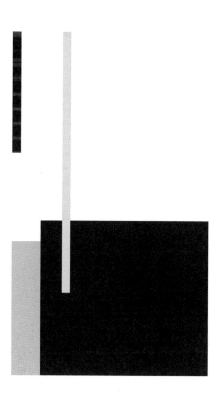

輯四

有些咖啡比較甜

海豚沒來的那天

那天浪大
達達引擎攪動胃裡濃稠的暈眩
不一會兒就嘔出一灘多餘的自負

這樣的日子並不多見
揚帆追逐海浪
海浪追逐鯨與豚
風之奏鳴曲開闊無邊
沒有所謂的藍與白

只有深深淺淺的流動

我們在船頭被浪打溼
船長高聲提醒乘客請勿餵食
移動的毯子
狂亂的流沙
冰冷與熾熱的共舞
我們不過是滑溜過那頂巨大棚幕的頂端
在透明光影間穿梭
勾起人人心中的蜃影

海豚來不來，船都照開
海味鹹鹹適宜調味

藍天清清適合放空
碼頭模仿山的溫柔懷抱
我模仿海豚的泳姿曼妙

看見了！終於看見了！
一陣驚呼引來眾人張望
搖搖　晃晃
看見挺拔的燈塔對我眨眨眼睛
看見岸上的黃狗搖著尾巴

健忘症

才過沒多久
就忘記中午吃了什麼
昨晚睡前讀到哪裡
忘記前任情人的生日
上個月旅行過的海灣

才過沒多久
就忘記上次地震的死亡人數
風災沖毀的山頭叫什麼名字

忘記屈服過的協定
被迫伏首認罪的同胞

忘記了真好
可以繼續購物追劇
用新的哏嘲笑舊的痛
用舊的哏抨擊新的傷
反正每一個歐霸．都一樣帥
一樣貴
一樣睡醒就化為明日的幻影

忘記了最好
可以繼續叫苦喊窮

被壓榨時就聯署抗議
壓榨別人時叫作爭取權益
反正CP值最重要
最吸睛
最能為人所津津樂道

才過沒多久
連回診日期都記不得
為了健康活下去
只好通通忘記

健忘是一種病
滑過去就忘記

●—歐霸：模仿韓語中「哥哥」的發音，在韓劇中通常帶有曖昧的意味。

倒木

那年流行細碎花紋與裙襬修長
白晝與黑夜仍舊交好
剛修剪的瀏海輕輕掠過眉梢

為了細數松鼠的足跡
為了仰望綠葉鉤織的蕾絲天際
我倒臥　一如熟睡的少女

儘管裹著粗糙老邁的棕皮
折斷的軀體透露年輕氣息
我倒臥　那時還只是輕忽的少女

以為光陰是摯友
願意善待每一片殘缺或完好的落葉
它卻呼朋引伴占領
標上綠色藤蔓的戰績

我倒臥　直到醒來時已是蝶群紛飛的秋日晨霧
以為我是蝶
人卻說蝶是不滅的魂

於是我倒臥　繼續作少女的夢
無聲無眠　無眠無息
路過的腳步為我別上野花

蝸牛濕潤地親吻
朦朦朧朧又睡又醒

悠閒——致陳進畫作「悠閒」

回到家不就該躺著嗎？
脫掉一身勒人的緞面講究
退去綁手綁腳的繡花端莊
現下不興小家碧玉
下班就該懶懶地倚在軟靠上海闊天空
吃些甜死人的提拉米蘇
罷了再抬抬腿
都怪辦公室坐大了肥臀

絲襪已經三天沒洗
我的懶散日漸發胖
自在更胖
哪怕書中的黃金屋二十年貸款買不起
顏如玉每晚總要穿越古今
好歹看看劇中的高富帥
慷慨的談場戀愛

長途車

搖搖晃晃　搖搖晃晃
列車途經荒原和平壤
山一般的冷冽與炙熱
駛過日月不止息的風光

列車長說媽媽太占空間
我們趕緊補買車票
還辯解說她不吵不鬧
又向其他的乘客鞠躬道歉

轟隆轟隆　轟隆轟隆
駛進黑漆漆的山洞
出來後　媽媽似乎變小
我們把她疊起來放到置物架上
跟其他的行李擠在一起
她隔著架子望著窗外
快到家了　我說

其實我不知道哪一站該下車
外邊的街道似曾相識
細瘦的房子彷彿是她童年的家
是這裡嗎

媽媽不說話

搖搖晃晃　轟隆轟隆
餓了就剝橘子吃
媽媽變得像橘子一樣小
我把她剝開　也吃了
吐出更小的籽握在手裡
可是車子還沒停
還沒停穩　不能下葬

●—

二〇一五年十月台鐵列車車廂跑馬燈誤植錯字「列車未停穩請勿下葬」，引起網友討論。

達賴喇叭轉世

達賴達賴達賴
他呼嘯而過時總愛大鳴喇叭
身穿戰袍手舞旌旗
向路過的街訪鄰居達賴達賴的問好

回答問題達賴達賴
做起事來達賴達賴
有時候是議員
不一會兒變成市長

總統總統也能達賴一下
若淪為犯人　只要等待下一次轉世
又能再次乾淨無瑕

●──二〇一五年，新聞台於播報西藏冰川即將消失之危機，字幕將達賴喇嘛誤植為「達賴喇叭」。

我看起來很胖

非常的廉價
從左邊到右邊
而且可憐兮兮
而且手腦不能並用
而且好像我是你媽
不如洗一洗　換新的花邊
管他誰是誰是誰
看我看起來很胖

而且不看的時候更胖
但明明就是很棒

有些咖啡比較甜

來吧　趁夜
我們齊去挾持長途巴士
掠奪晚歸的人
傾倒一宿的不眠

用餘燼的匕首撕剖白晝的囂嚷
迤邐成夜之漫漫
在句子中　說好不用動詞
眼神　不加暗示

尚有不足的留待明日辯解

捻熄晚歸的燈
讓夜照亮夜
熄滅徑自熄滅

秋話

秋天如蜜
如耐用的陶瓷餐具
如上一次的旅行
如久久凝望的神情

整個秋天播放著相似的旋律
那個剛醒來的午睡沙灘
那件垂在肩頭的軟毛毯
如秋的回憶

編織成圖騰的長筒襪
不想提起的回憶
是碰碰腳跟就喀喀響的短靴子

在無聊的草地上夢遊
吃假想的蛋糕檸檬茶水
秋天　理直氣壯的冷與熱
乾了盛放的花
管她的裙襬曾旋轉得多麼飛揚
就這麼擰著再擰著
枯了的嗓音沙沙像令人心安的厚重鼻息

未亡人

總叫人傷感的
不僅是生命的逝去
肉體的消亡

因為我們不知道
還有多少歡快的笑聲未朗出口
還有多少祝賀、欣喜的話語猶未交代
還有多少拿手好菜即將上桌
還在計畫的假日出遊

心愛之人待縫上的鈕扣
也及未表示的歉意
下一次爭吵和冷戰
讓人痛恨的玩笑
只有你我知道的親暱稱呼

我們不知道
孩子是否還在等待她的擁抱
妻子等待他的親吻
像他舊日所喜愛的驚喜
和她昔日細瑣的嘮叨

我們也不知道

死亡把影像清晰地投映
在他慣常倚坐的窗邊
與她所聚集的花園
曙光沖不散
夕陽染上濃濃色澤
夜間有不息的黑與星光點點
那些歡快的笑聲於是更加響亮
像冬日棉被重重壓在胸口
那樣的冰冷窒人
卻也唯有它能帶來溫暖

如果吃下去會好起來——

致每個長期照護的家屬

可以吃嗎
指著月亮問
如果能再也不餓
巴不得替他摘下來
因為他的一小步
是我的一大步

他又指向舊沙發、破檯燈
門邊打包好的遺物
藏在床底下的救難袋
家裡只剩這些

（殘餘的回憶是隔餐的冷羹）

想起好幾個夜晚
不記得是誰揹著誰走長長的路
為了不讓他跌落深谷
用頭髮纏繞
沿路剝指甲為記
捧回種子

「煮好了嗎？我餓啊。」
他在廚房門口催促
螞蟻在身後列隊
等著把他搬回洞裡

我用火驅趕

而大部分的夜裡
我躲進衣櫃
聽著飢餓的腳步翻找食物
祈禱能安然度過盤查
但終究還是逃不過他的飢餓
可以吃嗎
指著我問

如果吃下去會好
好睡一覺
讓我在夢中回到往昔的溫情

那就把肉割下來
割下來給他吃

餐桌上的甲骨文

最初，只能依賴勤勉嘗試
糖和醋的比例
鹽和油的取捨
辣椒的正當性被高度質疑
青蔥洋蔥紅蔥產生暫時幻覺
審核權在於叉子
最終都屈服於一場數字的算計
香蕉等於一小時的活動量

大於小黃瓜的1.5倍
檸檬-3，比橄欖好些
一小時會分裂成七個一小時
相當於一週七日
季節偏好夏天

後來據說香蕉能快速戰勝疲倦
我們賣掉電視機
在客廳種一株香蕉樹
用買來的礦泉水灌溉
等待採收時
抱怨少了電視代替我們吵架

我們還試圖在日常的循環中挖掘啟示
也對抗循環的固執
一再退開在狹窄至極的密室

起先絕對無法得知
選擇香蕉，而不是哈密瓜
源自於六十年前的那場登陸
儘管結局顯而易見
盲目摸索仍不可避免

六十年後的我
必然繼續守護一株香蕉樹
而不是哈密瓜或者櫛瓜

將熟稔地剝皮
堆成一座塚
在餐桌上日日祭拜

把蘭嶼的美景一一捕捉下來

那兒曾有長著翅膀的傳說
蘭花和蝴蝶同樣翩翩
達悟的長髮自由甩動
船和魚同樣飛翔
祭典的歡騰貫行在島上
海浪和禱詞同樣永恆

然而為了捕捉她的容貌
無視於踏在多年生的貝與花上

一種叫做觀光的價值被誇飾成文化
土地的利益被轉化成選票

為了怕子孫遺忘她的遺容
用一道道充滿陷阱的考題爭論
文學和政客是代名詞還是形容詞
7-11 是名詞還是動詞
用一個個按讚逮捕蘭與蝶、魚與達悟
一首詩就能達成消費
一個關鍵字就要詮釋蘭嶼
再口口聲聲感嘆
美麗易逝
核廢長存

●

一

記一道國小四年級的考題：「把蘭嶼的美景一一捕捉下來」一句運用什麼修辭法？(1)轉化(2)誇飾(3)感嘆。

鐵牛・運功・散

阿母掛上電話後
坐回搖晃時光的老舊藤椅
南方午後熱風無聲捲過
沉靜的沉靜的街道
掛上新的招牌賣古早的味道

退伍後阿榮北上討生活
娶妻生子離異再娶
歷經二度就業無薪假

在提前退休和前進東南亞間抉擇
更年輕的阿榮延畢三年
無限期街頭抗議
基本月薪勉強支付房租伙食
電話那頭總是還沒睡或沒睡飽
阿母盤算還要再寄幾瓶鐵牛運功散才夠

那一顆顆打通血路的藥丸
打不通胸口鬱悶的城鄉差距
倒是山脈被打穿
興建據說最長最快的隧道
打不通中氣不順的就業機會
倒是打通了跨國協定

開拓傳説又大又好康的市場

後來，有些阿榮來不及退伍就走了
有些阿榮在被殺多年後，上街殺人
阿母決定把藥方公開
卻無人聞問

鐵牛的步伐太慢
比不上一針見效
最好五歲就提前服用
才能自然而然學會兩種語言三種才藝八國遊歷

喧譁的喧嘩的街道
古早的味道有新的歌調

自從寄了鐵牛運功散
手機仔越來越常打不通
阿母學會傳簡訊
始終深信照三餐問候加貼圖
一樣可以理氣活血顧身體

●——鐵牛運功散本舖位於鳳山中山路，現已歇業，工廠遷至大寮區。寫作此詩時，鐵門和匾額仍保留當年樣貌，漆有著名商標，門口租給擔仔麵攤販營業。二〇一七年底前往時，門口已重新改裝，再看不出老字號的模樣。
「鐵牛運功散」是八〇年代曾經紅遍台灣的中藥。廣告中的主角從軍中打電話回家，「媽，我阿榮啦。我服用你寄來的鐵牛運功散，胸口鬱悶中氣不順已經好了……」這段台詞讓許多人留下深刻印象。此段廣告也在電視上播映了二十年，廣告主角阿榮因此被戲稱為全台當兵最久的人。

第十日

你說窗外
有直升機盤旋
咄咄咄咄的螺旋槳聲

然而那只是一場大雨
翻過頹圮的山脊
夾帶高原泥沙
還有流亡幾世紀的呻吟

第一日
我們因下雨不能穿上新鞋
而懊惱
第二日
下班時排隊等候公車
讓所有人心浮氣躁
第三日
陽台的盆栽淹死
第四日
開始發明有關雨的笑話
第五日
選購能自由搭配的雨具
雖不實用但時髦嶄新

第六日
唱歌
說雨有多大我有多愛你
第七日
預測運勢
第八日
雨　終究會下
但不在我的頭上
第九日
還在　下雨嗎？
第十日

其實　是第十年
第十個十年
山脊的另一面
在雨中出生的孩子
因為浸泡　有一對強壯的肺
必要時　母親教他假裝有鰓
淹死鄰居的盆栽
在被盆栽吃掉之前
唱歌　回應流亡幾世紀的呻吟
預測公車來時
石頭能不能擊中玻璃
雨　在下在下在

他們的頭上
打穿早就破損的鞋的傘
打穿強壯的肺和母親
坐上不會折返的直升機
咄咄咄咄的雨聲
穿過幾個世紀的流亡
隔絕在你的窗外

泳池畔的眾神

眾神喜愛午后出沒
或許源自於古希臘的傳統
這時候兒女尚未返家
孫子仍未出生
幸福的羽翼剛剛孵化
青春泉水加了氯
放蕩與不羈消毒後
甘醇如酒

時間在室內照明輝映下
永晝
生命在全方位水柱按摩後
永生
世間的煩惱不過是濺起的水花
聊以妝點無痕的水面
坦誠相見如行走的雕像
陳列光陰

掛念與叨唸同義
三分鐘道盡一生
畢竟人間一年　神界一瞬

末了再進蒸氣室躺躺
騰雲駕霧
似山非山
叫誰都不羡仙

減肥記

那不是脂肪
是一層層世故的風霜
落在肩頭
是一句句懇切的關懷
披在身上
流過的汗附著成堅實的背
淚如鐘乳垂掛千年
而腹中滿是委屈與重任
尚且要能撐船

昔日夢想在睡眠時造訪

棲息在揮舞而反抗的雙臂
甩也甩不開

且有旁人不時將未繳的帳單
塞進我的腰間
要到下下個月才能結清

雙腿沾滿曾走過的塵埃
終於也記得了幾條路
因而日漸粗壯

經常
有耳語晝夜叮嚀：

「背棄時光的人，
終將遭時光背棄。」
只好一再擴充容量
未敢輕易刪除

臥房裡的植物園

床

多年生，木本植物
分布在潛意識的北半球
喜多雨多霧
適合造夢
在夢中產漆紅色漿果　不可食

椅

孤獨是長年坐的那把椅子
凹陷的軟墊與光滑的扶手
等待的心開作綠葉
一株落葉如雨的喬木
留下永恆擁抱的形式

桌

模仿昂首站立
恆久凝望草原乾燥的盡頭
將落下的夕陽
或正歸來的旅人

櫃

性情謙虛溫柔
有不容置疑的寬闊與固執的笨拙
為了容納更多
不惜將自己掏空

●—此組詩為二〇一七年獲富邦藝術基金會邀請，於藝術旅館「富藝旅」駐村時所作。
根據住房內之家具陳設，發展成四首短詩，印製在房卡上，隨機發放給入住旅客。

食事

•米飯

卵石般
終於在足下漫成溫柔地土
承接　每一種滋味

•醋黃瓜

若不是經歷重重的拍裂
醃漬的酸何如徹骨
青澀何如能甘甜

• 絳紅豆干絲

將青春熱戀防腐保存
再添加五號色素染紅
曾經拿生命揮霍
是不可多得的點綴

• 三色蛋

孵著無夢的蛋
超量的養分
我們凝結成無可復返的重鹹

・魚肚

排骨的直率
G腿的奢侈
肉燥的豐腴
曾經嚮往大口撕呑
飢餓如車列轆轆
貪視星夜點點

終究
抵不過魚肚的細膩
一口挑一口揀
駛過魚骨鋪排的軌道
挑揀遺落的時光

如車列疾疾
貪思心事綿綿

•白茶

歇息吧
自眼角滑落與窗外滴落的
都歸向洋海
窗外一縷細雲

●——此組詩發表於跨界展覽「我們在文化裡爆炸」（2017）之「珍便當」系列，展覽中邀請設計師與料理人共同打造概念飯盒。「食事」是與品墨良行設計總監王慶富合作，採純白半透明之材質打造食器，以詩句呈現菜色。

文房四寶

• 書籤

忘了是尚未讀完
或曾被某個句子打動
書籤讓時光的腳步停在那一頁
容易哭又容易笑的那一年

• 貼紙

貼上去的不只是斑斕的綺想
現實與夢境也牢牢黏著

難怪永遠無法撕乾淨
總留下些許殘膠的遺憾

•橡皮擦

形狀可以百出
錯誤可以百出
擦掉後可以再寫上一百種答案
消磨出的屑屑卻都一樣

•便條紙

把紙條一摺再摺
我的心又多了幾道皺紋
那些不重要的瑣事
是回憶裡最重要的心事

●一

應鳳山在地團隊「日青創藝」邀約，此詩寫作靈感源自於「鳳山大書城」，開業於民國七〇年，位於中山路地下室，是鳳山目前僅存較具規模的傳統書店。其一樓曾為鳳山客運站，不少人就學期間曾在此轉車，趁等車空檔逛書城。因此不只鳳山人對書城有很深的眷戀，曾在此轉車的外地人也留下不少青春的回憶。

客運站遷移後，該建物隨時代潮流，曾多次改換面貌與店鋪，除了架設在騎樓旁，作為公車排隊處的鐵欄杆和牆角一隅的售票口尚存，僅剩鳳山大書城仍維持昔日風貌。

正美

君知花開直須折
於是將我連葉摘下
打了澄澈與涼的水作供養
隨即跳上遠行的船班
只託玻璃窗花灑入的陽光日日探望

勸君莫惜眼前的繁華
我看似脆弱的容顏
日日為了重逢而驕傲地昂起

日日抖去夕陽餘暉烙印在身上的枯黃
盼君莫嘆年老髮白
莫管繁華落盡
回來看我
回來　在我正美的時候

●——此詩為二〇一六年獲邀至「叁捌旅居」藝術駐村所作。「叁捌旅居」位於鹽埕區，原「正美婚紗攝影」，為早期南部地區新娘聖地，於二〇一三年由第三代繼承人保留原建築物使用方式及特色，改建成古色古香的民宿空間。

鹽埕區即景

曾有一支歌專屬於路口的 Piano Bar
彼時乘船來的大兵還會將夢想引吭高歌
直到信的末尾才稍稍流露思念
而夜夜流連的街道卻離家尚遠

——美軍街

一不留神
牽牛花就仗著南方艷陽以絕美之姿向往昔的繁華宣戰
大肆盛開征服一面牆

自一朵朵綻放的花芯中鳴放過往引領風騷的小調
紫花與白髮在如今的微風中輕輕搖晃
——大新百貨 1953-2010

印花洋裝、玻璃絲襪、青春的戀情
鋼鐵和螺絲釘、誘人的水果、一家的生計
都能用粗壯的鎖鏈牢牢打包
晨間結實的膀臂輕輕一揮　將大船推送出港
——高雄港

不願人看穿她將一生的歲月擲入鍋中熬煮
於是攤子上的滷味越是入味的深褐
她就將臉抹得更白

好叫人牢牢記住經得起時間熬練的滋味
——阿囉哈滷味

時光日以繼夜從他們腳下流過
他們安然其上營生　賣零零總總的吃用不盡
鐵門拉下後繼續生孩子吃喝一生
時間啊不過是水　無需惋惜
——崛江商場・大溝頂

先人以堅強的意志力將他從海中喚醒
站在他的肩頭上可伸手觸天
不料回頭一望　卻被連接天際的蔚藍波動深深吸引
——壽山

冬日凜冽的細雨不常造訪
反倒是熱氣騰騰的湯底時常縈繞
在起霧的雙眼間　歸鄉啊
只為了滑入心窩那絲不變的溫暖

——冬粉王

誰不想要腹中的祕密永不見天日
但她卻無私袒露
其中的墨黑　懷藏著滋潤與生命無限

——虱目魚肚粥

●
一

此詩組為二〇一六年獲邀至「叁捌旅居」藝術駐村所作。因此處前身為鹽埕區著名婚紗店，後人保留許多與婚紗裁縫相關之器具。駐村期間，設計「投石問路」之互動作品，以在地知名景點為題，將八首詩籤擺放在當年留下來的針線櫃裡，讓入住旅客每日出發遊玩前，隨機抽選，作為安排行程的靈感。

後記

「如果一艘船上的木頭被逐漸換成新的，直到全部的木頭都被更換過，這艘船還是原來的船嗎？」

這些詩的寫作時間，大部分是從二〇一二年至二〇一七年。二〇一二年，是我重新開始寫詩的一年。

在這幾年間，生活有很大的轉變，使人被迫改變。而最重要的莫過於有些人從生命中離開，有些人來到，我的每個部份也逐一被替換，猶如渡到下一世。這些，全寫在詩中。

德布希小姐

作者　夏　夏
執行主編　羅珊珊
美術設計　朱　疋
行銷企劃　張燕宜
董事長　趙政岷
出版者　時報文化出版企業股份有限公司
10803 台北市和平西路 3 段 240 號 4 樓
發行專線｜(02)2306-6842
讀者服務專線｜0800-231-705 • (02)2304-7103
讀者服務傳真｜(02)2304-6858
郵撥｜19344724 時報文化出版公司
信箱｜台北郵政 79-99 信箱
時報悅讀網　http://www.readingtimes.com.tw
電子郵件　ctliving@readingtimes.com.tw
法律顧問　理律法律事務所　陳長文律師、李念祖律師
印刷　勁達印刷有限公司
初版一刷　二〇一八年九月二十八日
定價　新台幣三二〇元

行政院新聞局局版北市業字第八〇號

國家圖書館出版品預行編目 (CIP) 資料

德布希小姐 / 夏夏著 . -- 初版 . -- 臺北市 :
時報文化 , 2018.10　面 ;　公分
ISBN 978-957-13-7551-9(平裝)
851.486　　107015635

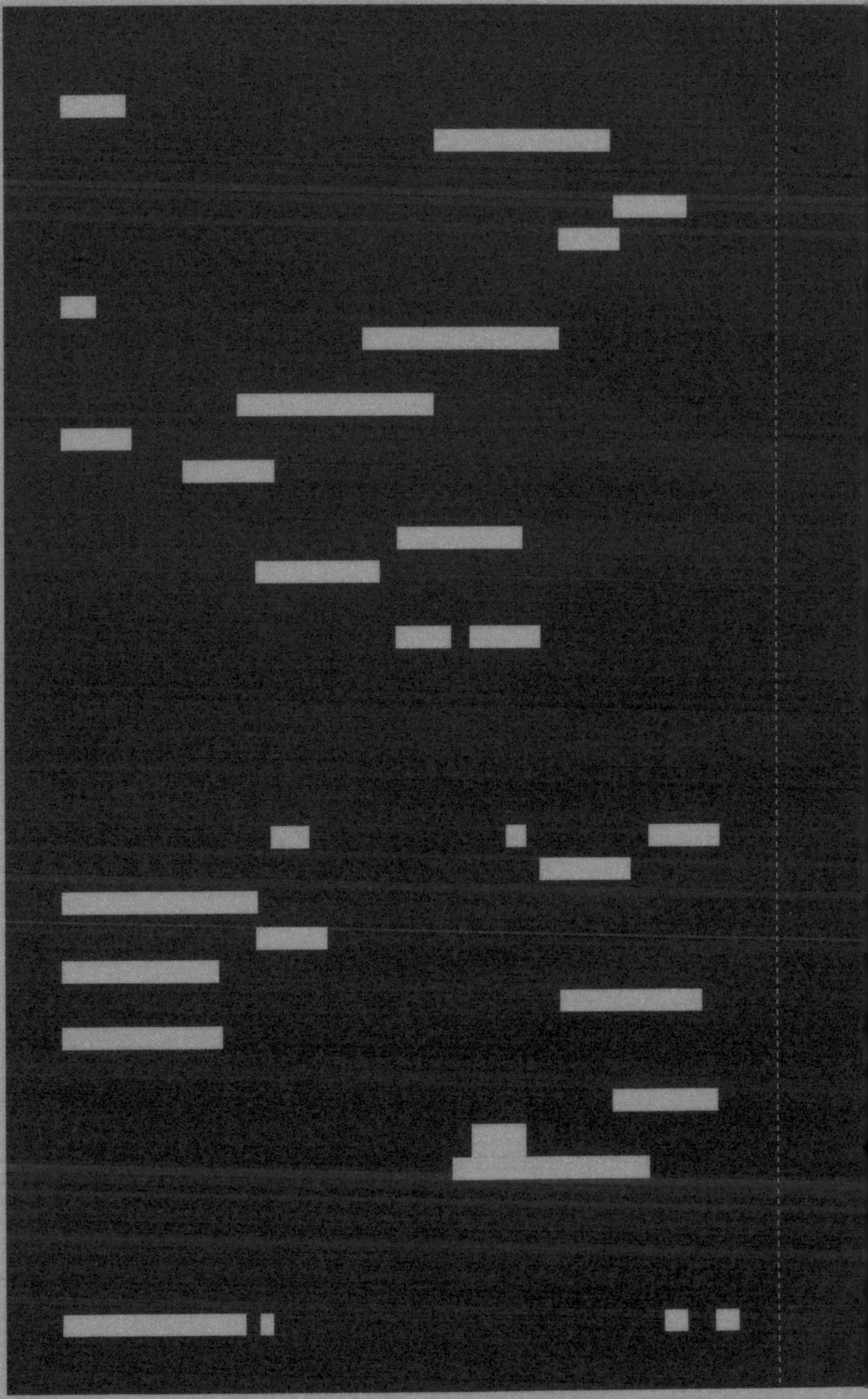

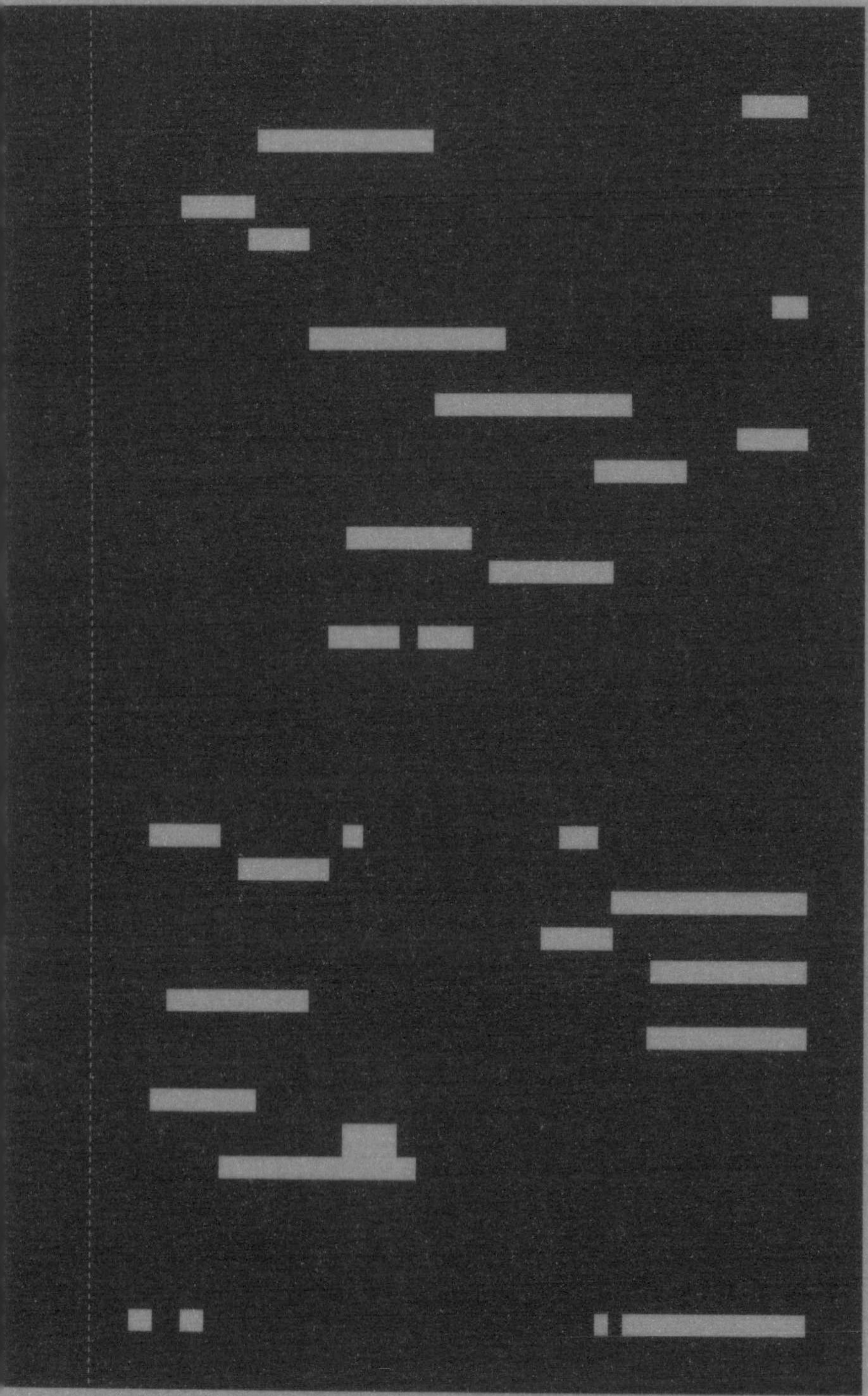

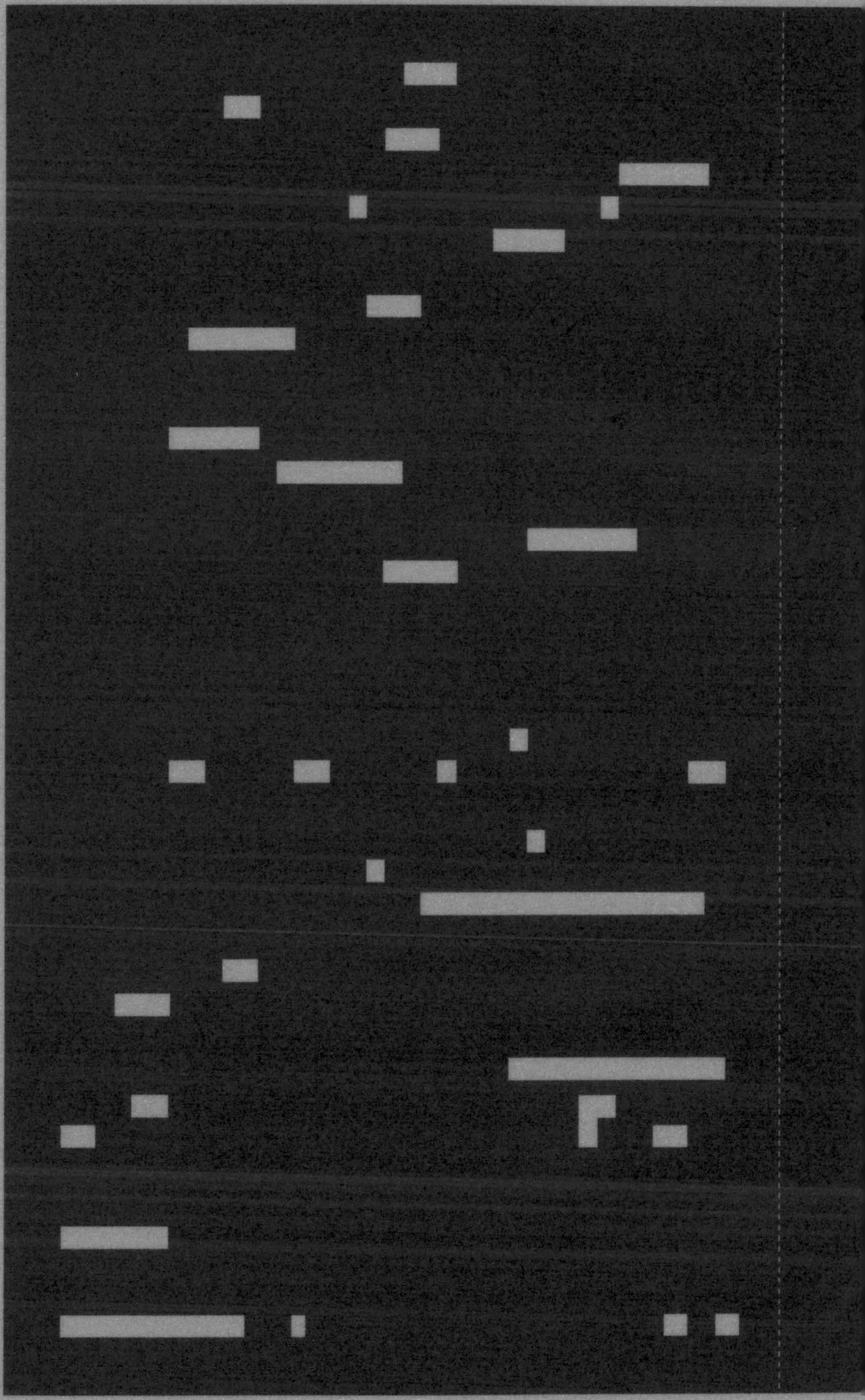

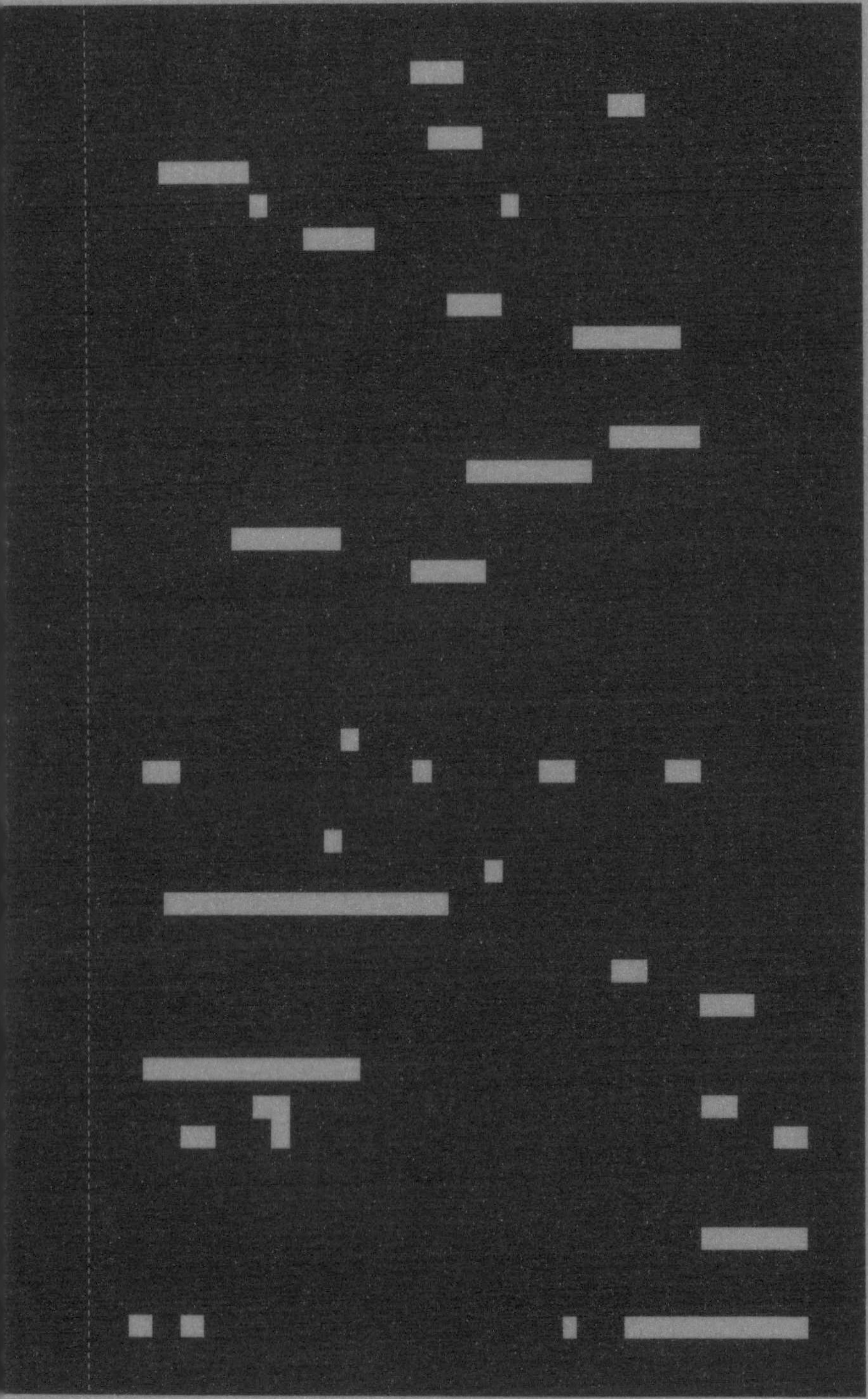

[redacted]

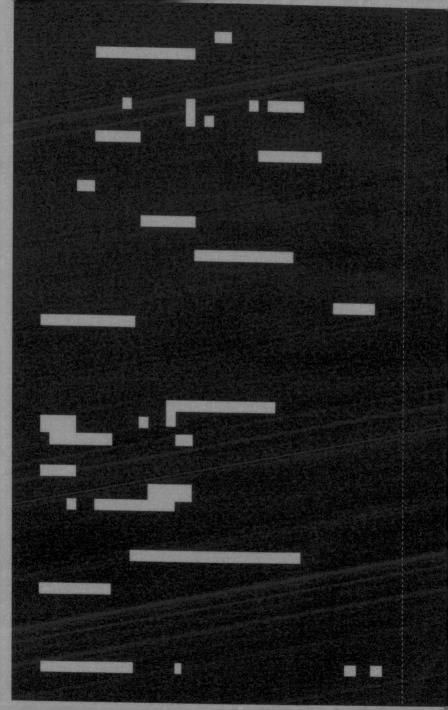

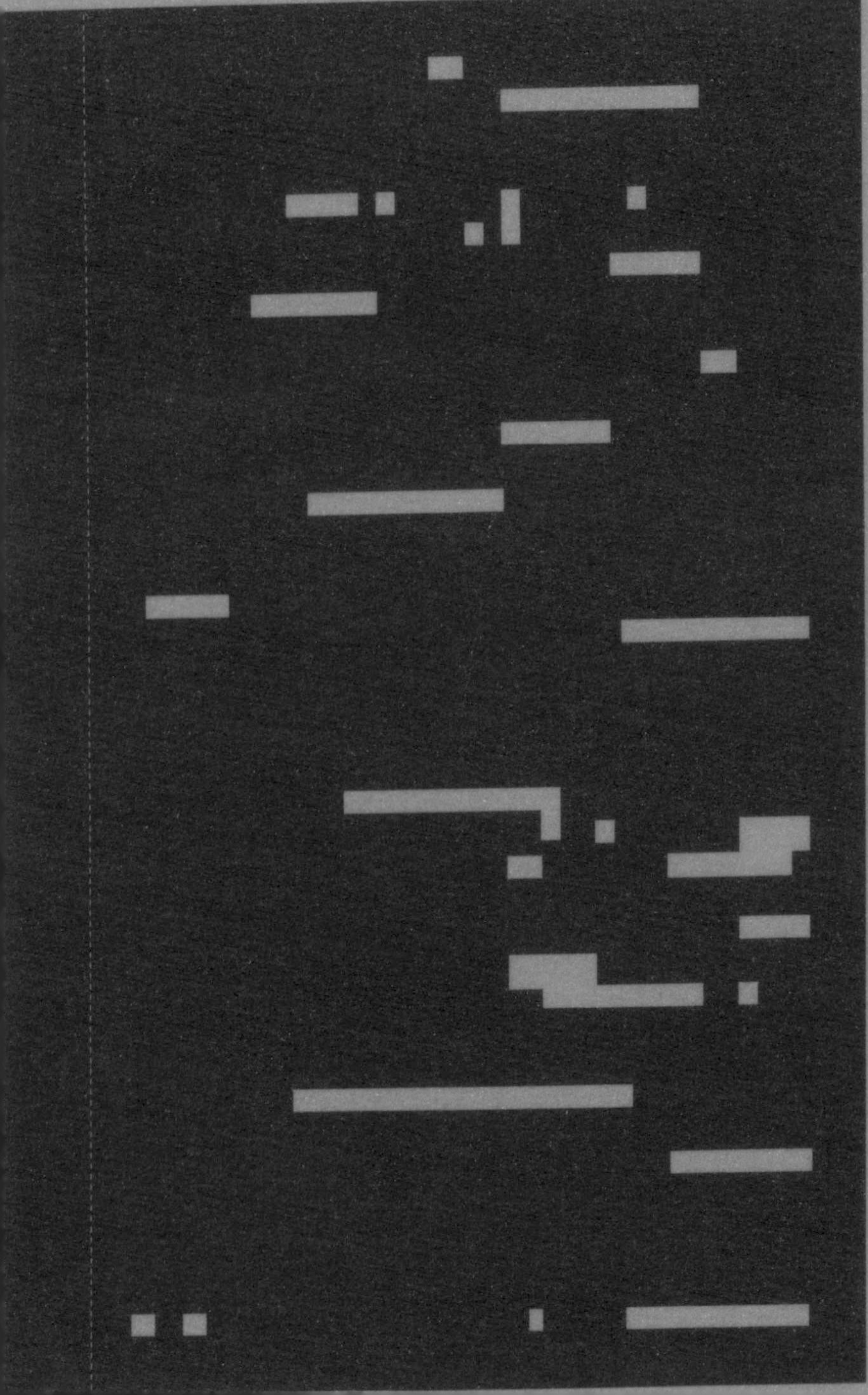

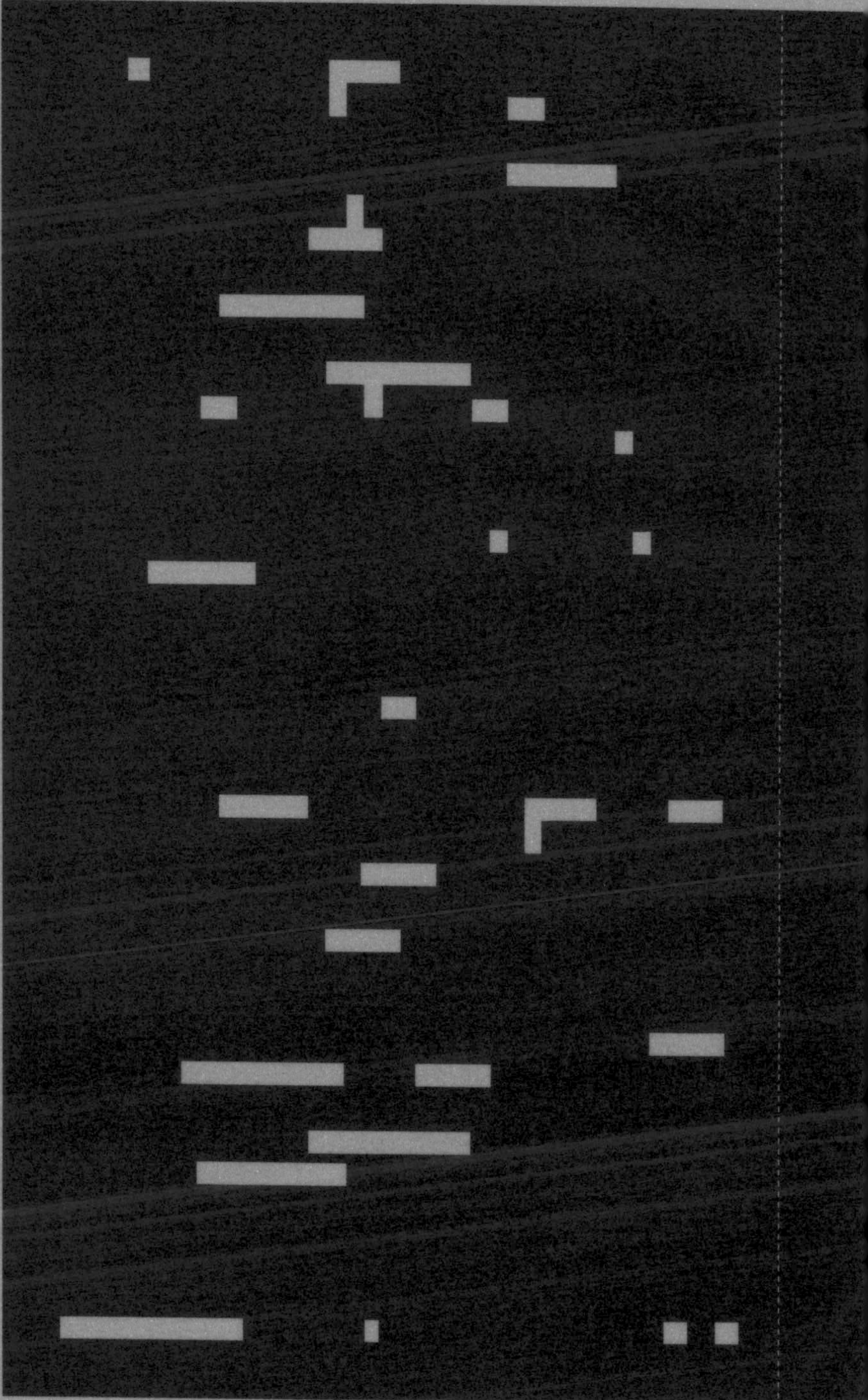

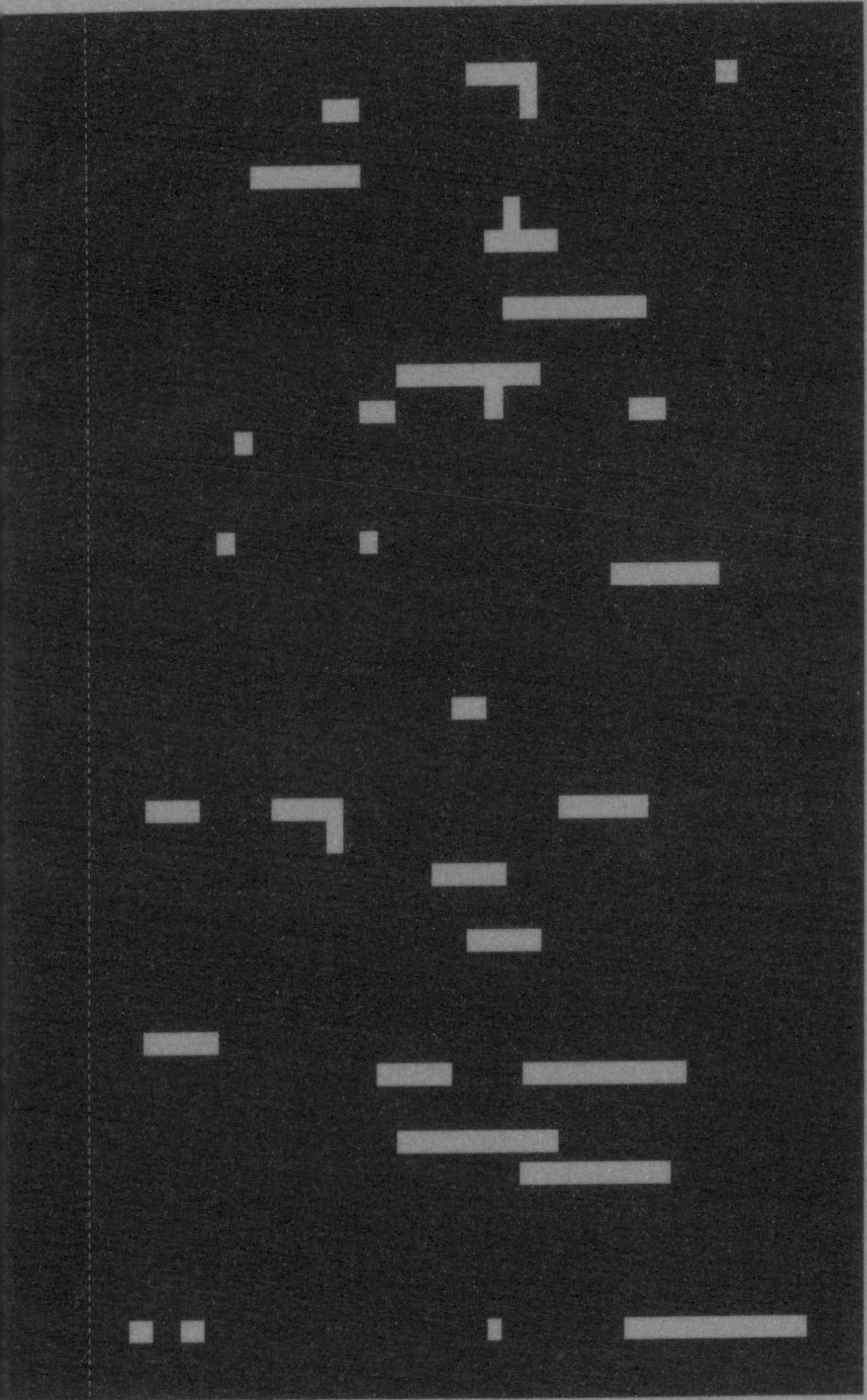

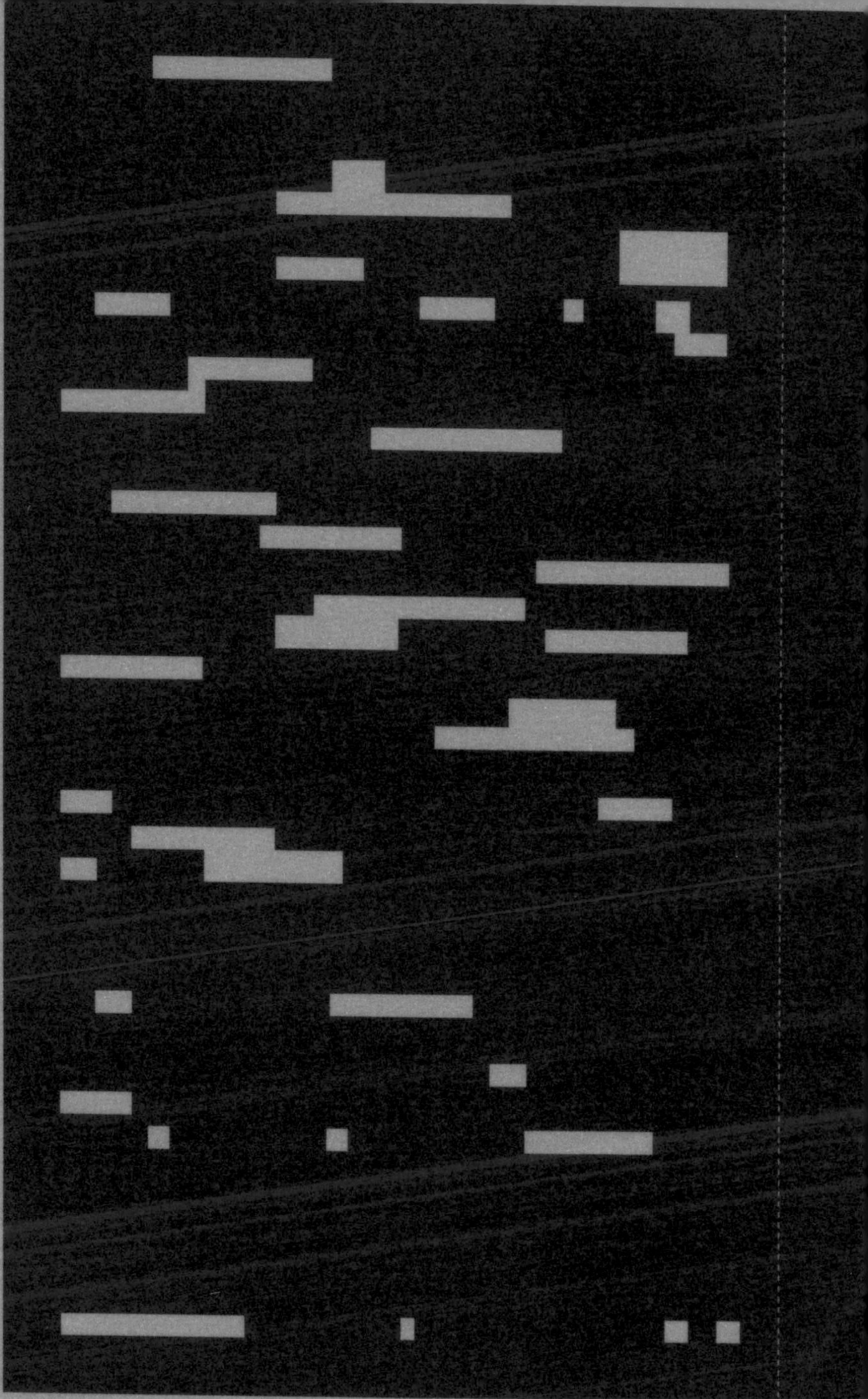

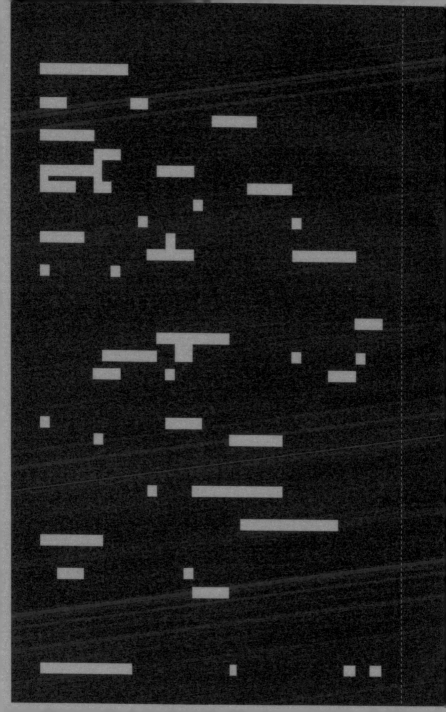

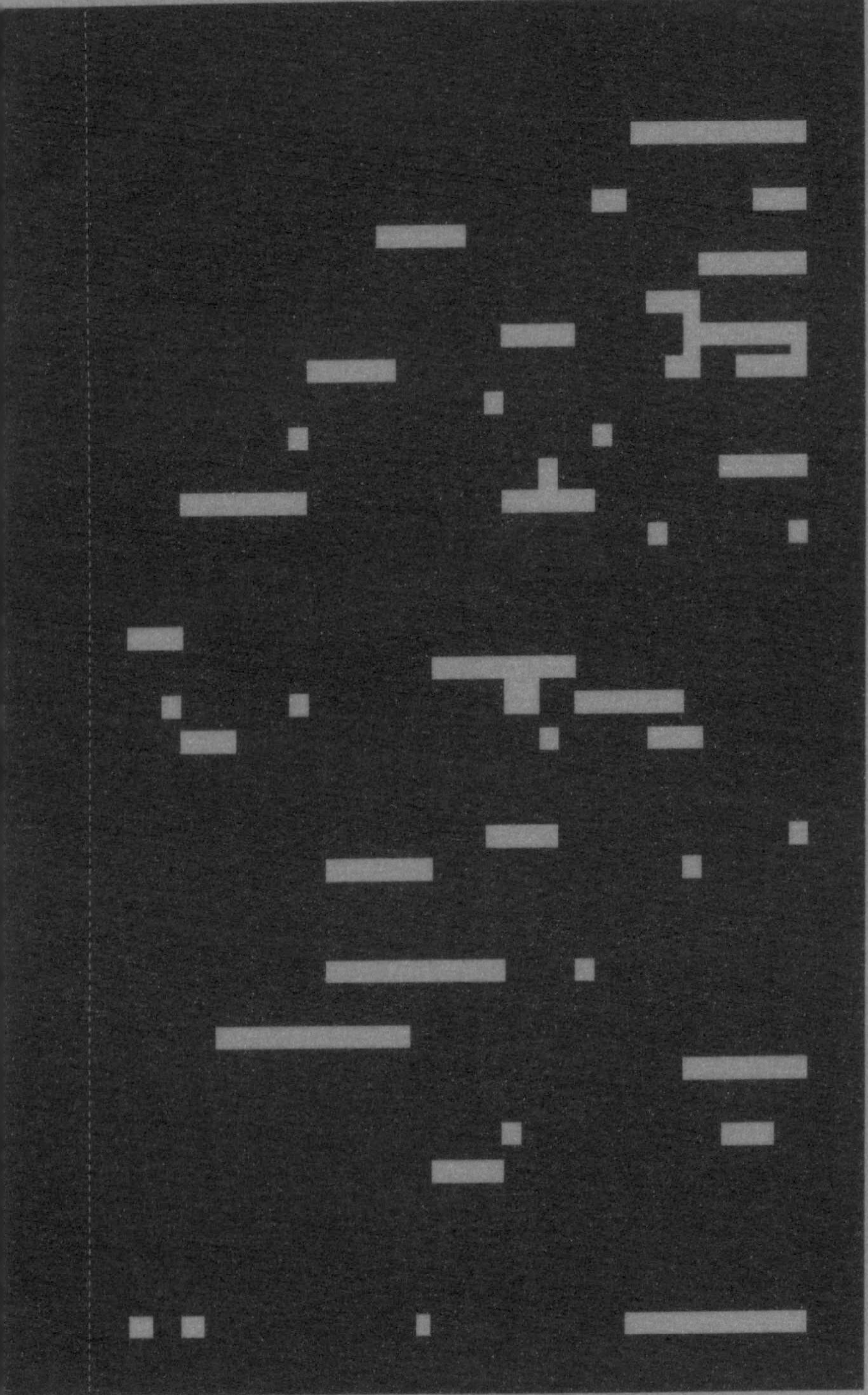

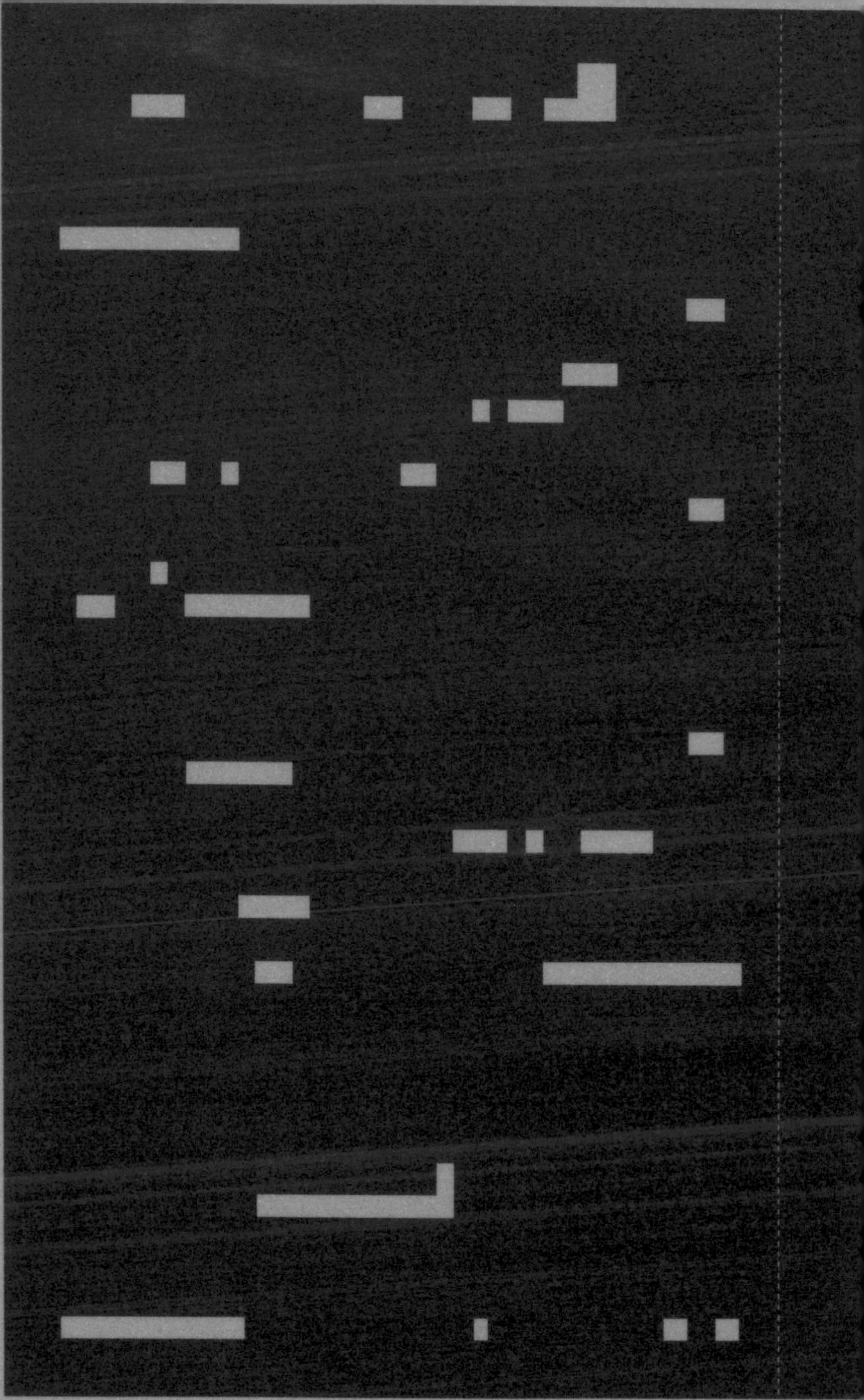

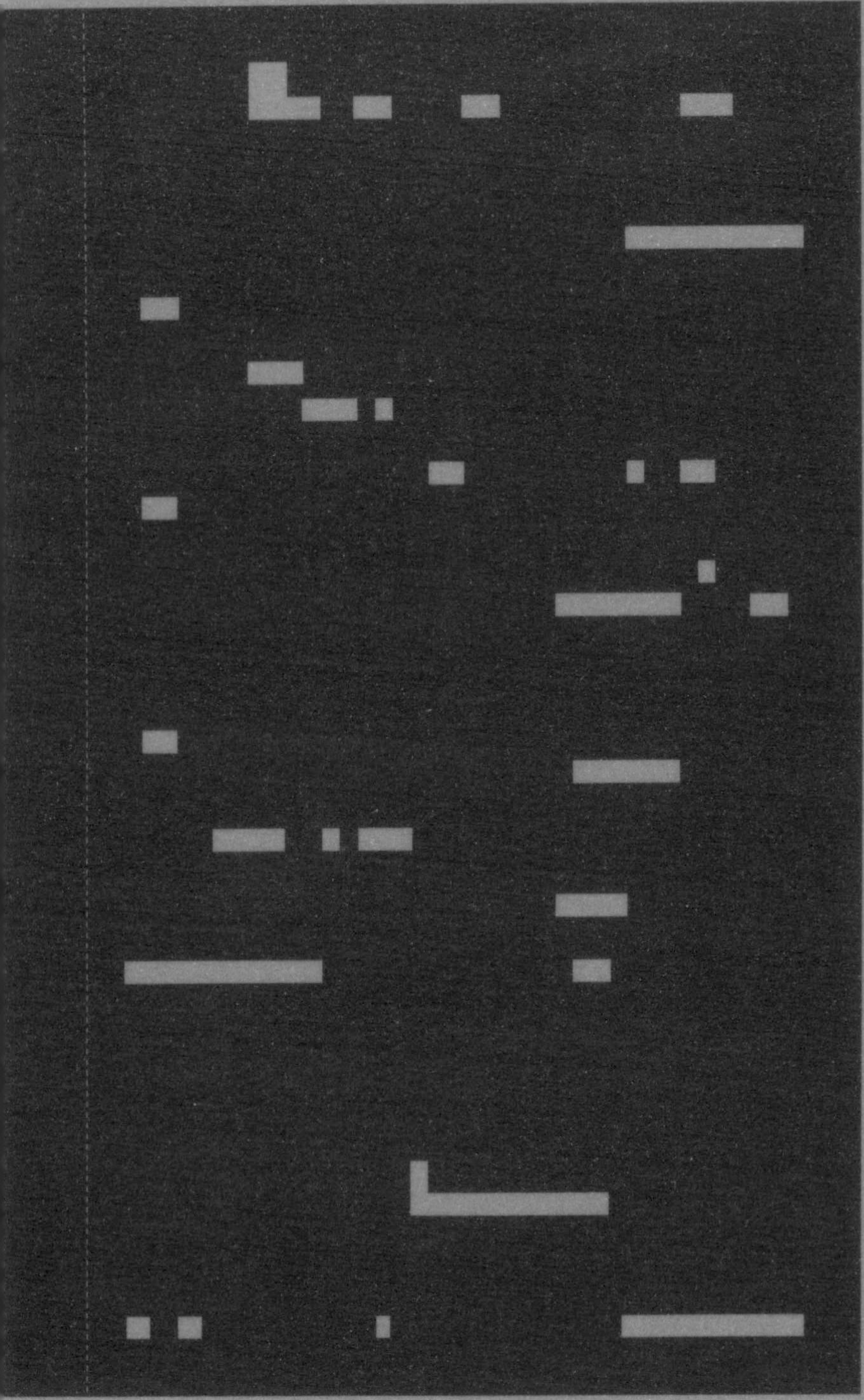

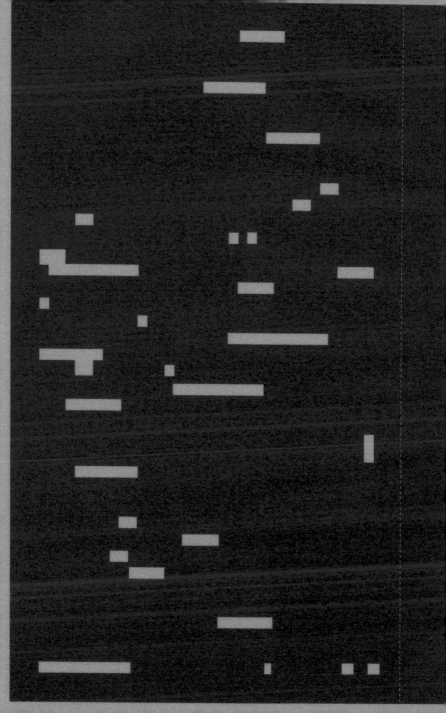

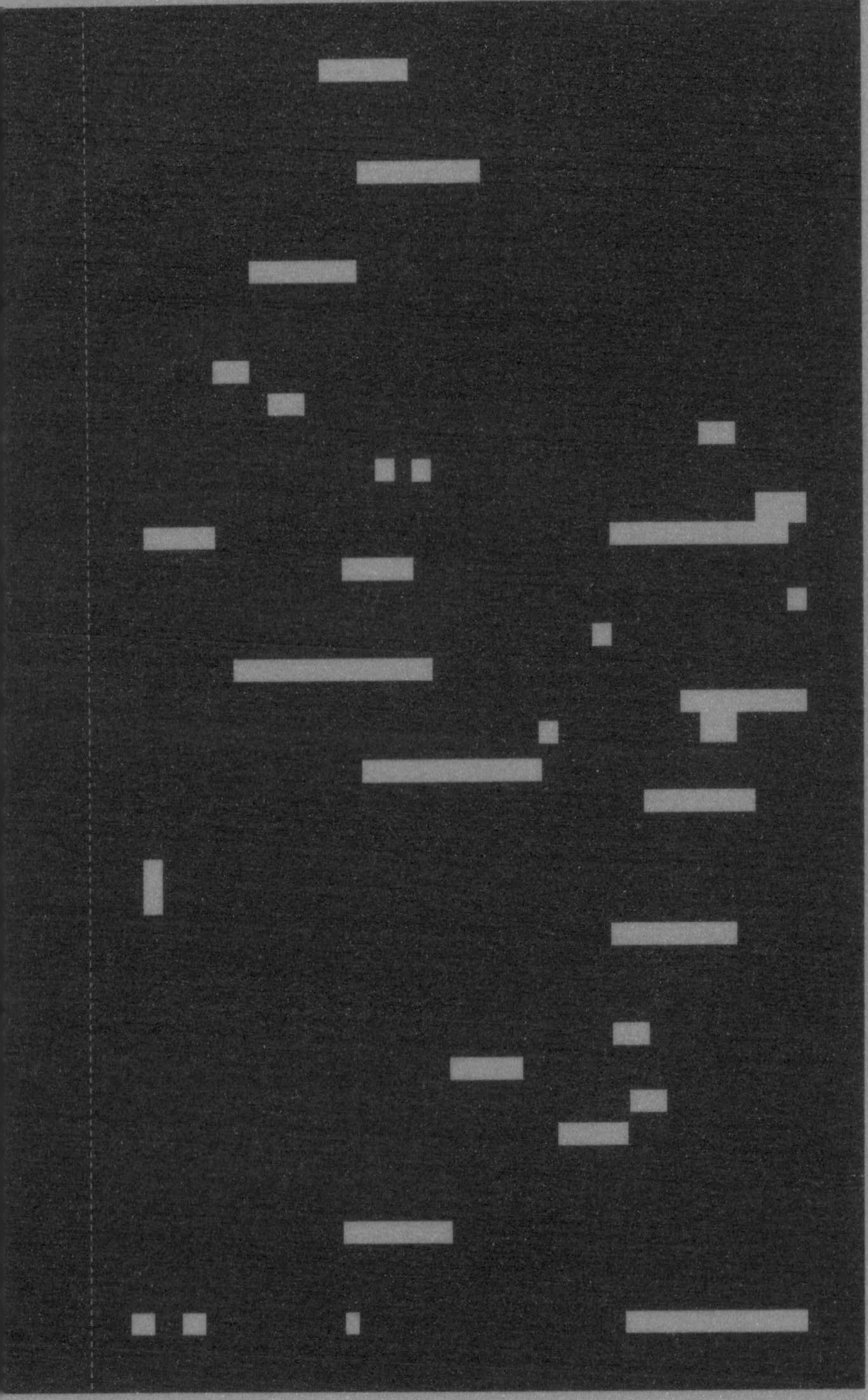

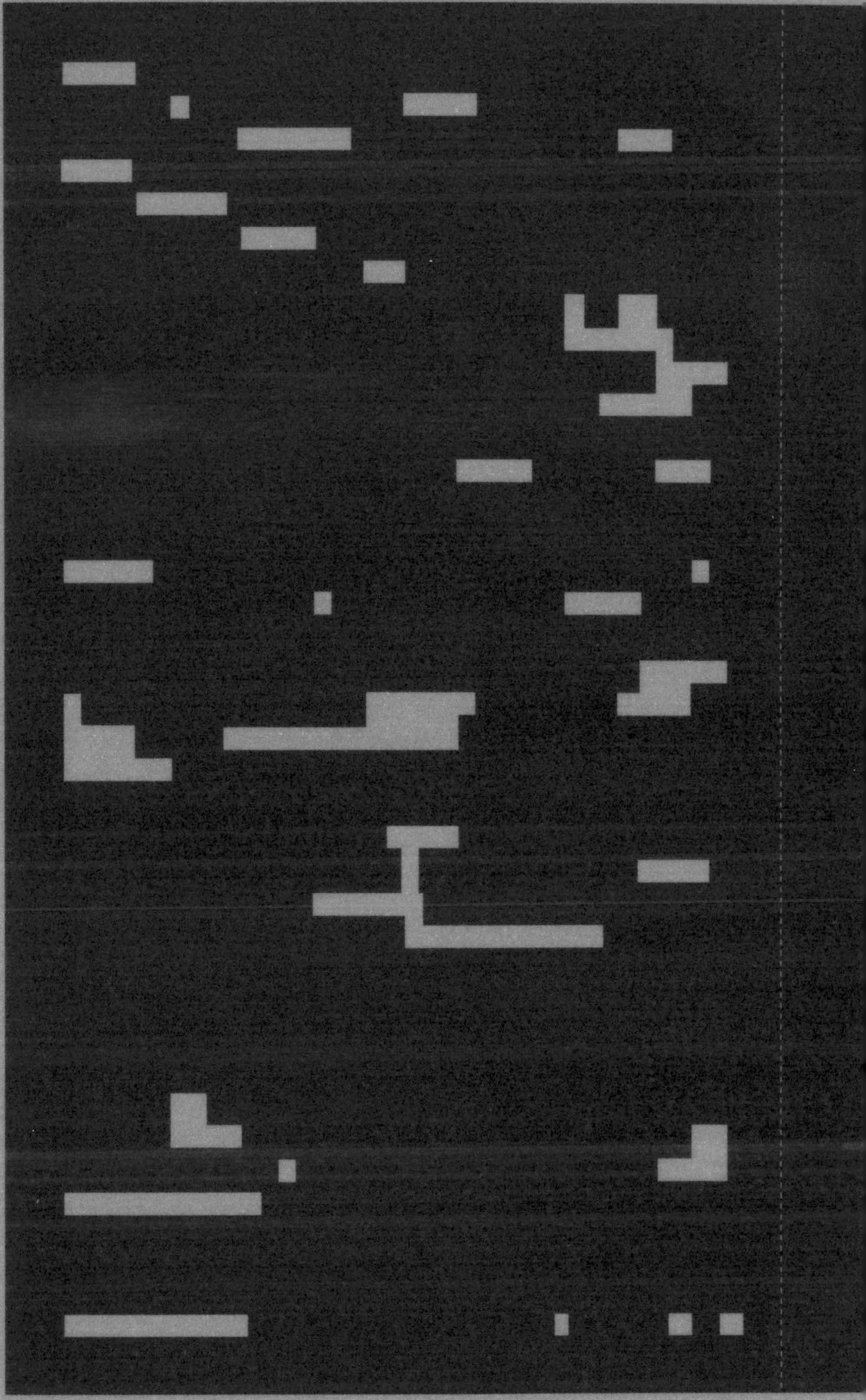

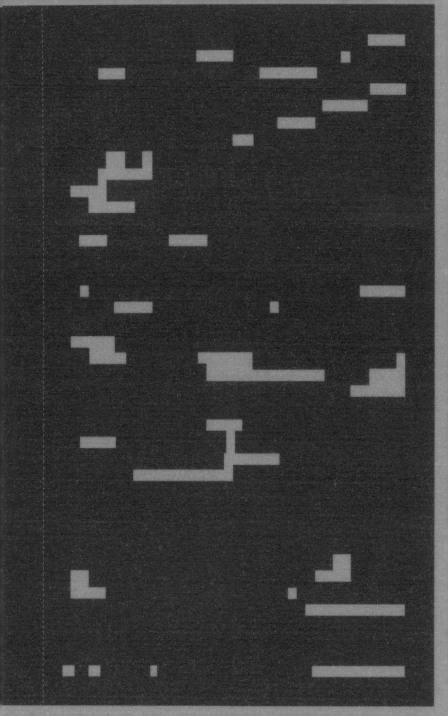

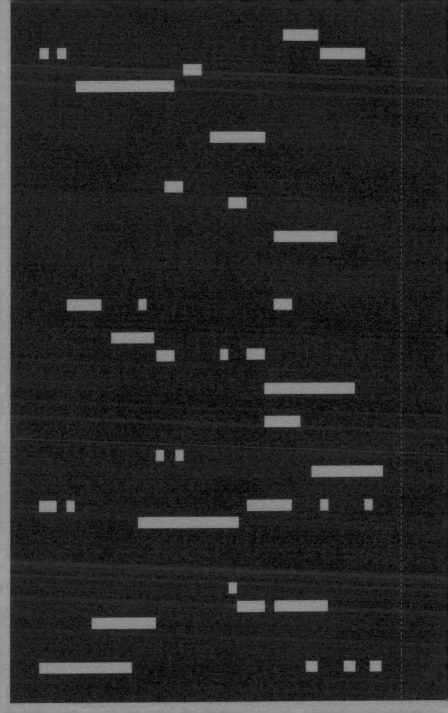

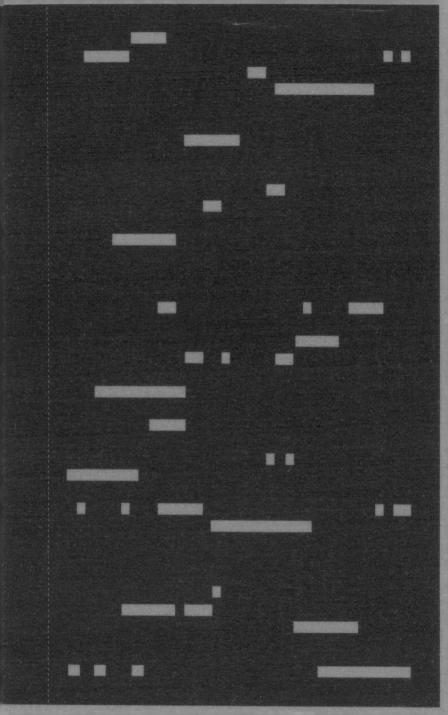